(明)吴承恩 撰

李卓吾先生批評西遊記

第一〇册

國家圖書館出版社

第一〇冊目録

第六十三回

二僧蕩怪鬧龍宮　羣聖除邪獲寶貝

卻說祭賽國王、與大小公卿、見孫大聖與八戒騰風駕霧、提着兩個小妖、飄然而去、一個個朝天禮拜道、話不虛傳、今日方知有此輩神仙活佛、又見他遠去無踪、卻拜謝三藏沙僧道、寡人肉眼凡胎、只知高徒有力量拿住怪賊便了、豈知乃騰雲駕霧之上仙也、三藏道、貧僧無些法力、一路上、多虧這三個小徒、沙僧道、不瞞陛下說、我大師兄乃齊天大聖、皈依、他曾大鬧天宮、使一條金箍棒、十萬天兵無一個對手、只鬧得太上老君害怕、玉皇大帝心驚、我二師兄、乃天蓬元帥果正、他也曾掌管天河八萬水兵大衆、惟我弟子無法力、乃捲簾大將受戒愚弟兄若幹別事無能若說擒妖縛怪、拿賊捕亡、伏虎降龍踢天弄井、以至攪海翻江之類略通一二、這騰雲駕霧喚雨呼風、與那換斗移星擔山趕月特餘事耳、何足道哉國王聞言、愈十分加敬請唐僧上坐、口口稱爲老佛將沙僧等皆稱爲菩薩、滿朝文武忻然、一國黎民頂禮不題却說孫大聖與八戒駕着狂風、把兩個小妖、提到亂石山、碧波潭住定雲頭將金箍棒吹了一口仙氣、叫變變作一把戒刀將一個黑魚怪割了耳朵、鯰魚精割了下唇、撫在水裡、喝道、快早去對那

萬聖龍王報知、說我齊天大聖孫爺爺在此、着他即送祭
賽國金光寺、塔上的寶貝出來、免他一家性命、若迸半個
不字、我將這潭水攪淨、教他一門兒老幼遭誅、那兩個小
妖得了命、負痛逃生、拖着鎖索淬入水內、諕得那些黿鼉
龜鼈、蝦蟹魚精、都來圍住問道、你兩個爲何拖繩帶索、一
個掩着耳、搖頭擺尾、一個侮着嘴、跌脚搥胸、都嚷嚷鬧鬧
竟上龍王宮殿、報大王禍事了、那萬聖龍王、正與九頭駙
馬飲酒、忽見他兩個來、即停杯問何禍事、那兩個即告道、
昨夜巡攔、被唐僧孫行者掃塔、捉獲、用鐵索拴鎖、今早見
國王、又被那行者與猪八戒、抓着我兩個一個割了耳朶

一個割了嘴唇拋在水中着去來報要索那塔頂寶貝遂將前後事細說了一遍那老龍聽說是孫行者齊天大聖諕得魂不附體魄散九霄戰兢兢對駙馬道賢壻阿別個來還好計較若果是他却不善也駙馬笑道太岳放心愚壻自幼學了些武藝四海之內也曾會過幾個豪傑怕他做甚等我出去與他交戰三合管取那廝縮首歸降不敢仰視好妖怪急縱身披掛了使一般兵器叫做月牙鏟步出宮分開水道在水面上叫道是甚麼齊天大聖快上來納命行者與八戒立在岸邊觀看那妖精怎 打扮

戴一頂爛銀盔光欺白雪貫一副兕鍪甲亮敵秋霜上

罩着錦征袍，真個是彩雲籠玉；腰束着犀紋帶，果然像花蟒纏金。手執着月牙鏟，霞飛電掣；脚穿着猪皮靴，水利波分。遠看時一頭一面，近覷處四面皆人。前有眼，後有眼，八方通見；左也口，右也口，九口俱言。一聲吆喝長空振，似鶴飛鳴貫九宸。

他見無人對答，又叫一聲：「那個是齊天大聖？」行者按一按金箍，理一理鐵棒道：「老孫便是。」那怪道：「你家居何處？身出何方？怎生得到祭賽國，與那國王守塔，却大膽獲我頭目，又敢行兇，上吾寶山索戰？」行者罵道：「你這賊怪，原來不識你孫爺爺哩！你上前聽我道：

老孫祖住花果山。大海之間水簾洞。自幼修成不壞身。
玉皇封我齊天聖。只因大鬧斗牛宮。天上諸神難取勝。
當請如來展妙高。無邊智慧非凡用。爲翻觔斗賭神通。
手化爲山壓我重。整到如今五百年。觀音勸我方逃命。
大唐三藏上西天。遠拜靈山求佛頌。解脫吾身保護他。
煉魔淨怪從修行。路逢西域祭賽城。屈害僧人三代命。
我等慈悲問舊情。乃因塔上無光映。吾師掃塔探分明。
夜至三更天籟靜。提住魚精取實供。他言汝等偷寶珍。
合伴爲盜有龍王。公主連名稱萬聖。血雨澆淋塔上光。
將他寶貝偷來用。殿前供狀更無虛。我奉君言馳此境。

所以相尋索戰征，不須再問孫爺姓，快將寶貝獻還他，免汝老少全家命，設若無知騁勝强，教你水洞山頹都蹭蹬

那駙馬聞言，微微冷笑道，你原來是取經的和尚，沒要緊羅織管事，我偷他的寶貝，你取佛的經文，與你何干，却來厮鬭，行者道，這賊怪甚不達理，我雖不受國王的恩惠，不食他的水米，不該與他出力，但是你偷他的寶貝，污他的寶塔，屢年屈苦金光寺僧人，他是我一門同氣，我怎麽不與他出力，辨明冤枉，駙馬道，你既如此，想是要行賭鬭，常言道，武不善作，但只怕起手處，不得留情，一時間傷了你

的性命。悞了你去取經。行者大怒罵道。這潑賊怪。有甚强能。敢開大口。走上來。吃老爺一棒。那駙馬更不心慌。把月牙鏟架住鐵棒。就在那亂石山頭。這一場眞個好殺。

妖魔盜寶塔無光。行者擒妖報國王。小怪逃生回水內。老龍破膽各商量。九頭駙馬施威武。披掛前來展素强。怒發齊天孫大聖。金箍棒起十分剛。那怪物。九個頭顱十八眼。前前後後放毫光。這行者。一雙鐵臂千斤力。藹藹紛紛併瑞祥。鏟似一陽初現月。棒如萬里徧飛霜。他說你無干休把不平報。我道你有意偷寶眞不良。那潑賤少輕狂。還他寶貝得安康。棒迎鏟架爭高下。不見輸贏練戰場。

他兩個往往來來，鬭經三十餘合，不分勝負。豬八戒立在山前，見他每戰到酣美之處，舉着釘鈀，從妖精背後一築。原來那怪九個頭，轉轉都是眼睛，看得明白，見八戒在背後來時，即使鏟鑄架着釘鈀，鏟頭抵着鐵棒，又耐了六七合，攩不得前後齊攻，他却打個滚，騰空跳起，現了本像，乃是一個九頭虫，觀其形像，十分惡，看此身模，怕殺人。他生得

毛羽鋪錦，團身結絮。方圓有丈二規模，長短似黿鼉樣致。兩隻脚尖利如鉤，九個頭攢環一處。展開翅，極善飛

揚。縱大鵬無他力氣。發起聲遠振天涯。比仙鶴還能高
厲眼多閃灼。幌金光氣傲不同凡鳥類。
猪八戒看見心驚。道哥阿我自爲人。也不曾見這等個惡
物。是甚血氣生此禽獸也。行者道。眞個罕有。眞個罕有。等
我赶上打去。好大聖急縱祥雲。跳在空中。使鐵棒照頭便
打。那怪物大顯身。展翅斜飛。搜的打個轉身。掠倒山前。半
腰裡又伸出一個頭來。張開口。如血盆相似。把八戒一口
咬着鬃。半拖半扯。捉下碧波潭水內而去。及至龍宮外。還
變作前番模樣。將八戒擲之於地。叫小的們何在。那裡面
鯖白鯉鱖之魚精。龜鼈黿鼉之介怪。一擁齊來。道声有。駙

馬道把這個和尚綁在那里與我巡攔的小卒報他衆精推推嚷嚷擡進八戒去時那老龍王懽喜迎出道賢壻有功怎生捉他來也那駙馬把上項緣故說了一遍老龍即命排酒賀功不題却說孫行者見妖精擒了八戒心中懼道這廝恁般利害我待回朝見師恐那國王笑我待要開言罵戰怎奈我又單身況水面之事不慣且等我變化了進去看那怪把獃子怎生擺布若得便且偷他出來幹事好大聖捻着訣摇身一變還變做一個螃蟹淬於水內徑至牌樓之前原來這條路是他前番襲牛魔王盜金睛獸走熟了的直至那宮闕之下橫爬過去又見那老龍王與

好照顧

九頭虫。合家兒懽喜飲酒。行者不敢相近。爬過東廊之下。見幾個蝦精蟹精。紛紛紜紜耍子。行者聽了一會言談。却就學語學話問道駙馬爺爺拿來的那長嘴和尚這會死了不曾。衆精道不曾死縛在那西廊下。哼的不是行者聽說。又輕輕的爬過西廊。真個那獃子。綁在柱上哼哩。行者近前道八戒認得我麼。八戒聽得聲音知是行者。道哥哥。怎麼了。反被這廝捉住我也行者四顧無人。將搯咬斷索子叫走那獃子脫了手道哥哥。我的兵器被他收了。又奈何。行者道。你可知道收在那里。八戒道當被那怪拿上宮殿去了。行者道。你先去牌樓下等我八戒逃生。悄悄的溜出行者復身爬上宮殿觀看左首下有光彩森森乃是八戒的釘鈀放光使個隱身法將鈀偷出到牌樓下叫聲八戒接兵器獃子得了鈀便道哥哥你先走等老猪打進宮殿若得勝就捉住他一家子若不勝敗出來你在這潭岸上救應行者大喜只教仔細八戒道不怕他水裡本事我畧有些兒行者丟了他負出水面不題這八戒束了皁直裰雙手纏鈀一聲喊打將進去慌得那大小水族奔奔波波跑上宮殿吆喝道不好了長嘴和尚掙斷繩反打進來了那老龍與九頭虫并一家子俱措手不及跳起來藏藏躲躲這獃子不顧死活闖入宮殿一路鈀築破門扇打破

卓椅把此吃酒的家火之類盡皆打碎有詩爲証

木母遭逢水怪擒心猿不捨苦相尋暗施巧計偷開鎖
大顯神威怒恨深駙馬忙携公主躲龍王戰慄絕聲音
水宮絳闕門窓損龍子龍孫盡沒魂

這一場被八戒把玳瑁屏打得粉碎珊瑚樹攛得凋零那九頭出將公主安藏在內急取月牙鏟趕至前宮喝道潑夯豕蠢怎敢欺心驚吾眷屬八戒罵道這賊怪你焉敢將我捉來這場不干我事是你請我來家打的快拿寶貝還我回見國王了事不然決不饒你一家命也那怪那肯容情咬定牙齒與八戒交鋒那老龍纔定了神思領龍子龍

孫各執鎗刀齊來攻取八戒見事體不諧虛幌一鈀撤身便走那老龍帥衆追來須臾攛出水中都到潭面上翻騰

却說孫行者立於潭岸等候忽見他每追赶八戒出離水中就半踏雲霧掣鐵棒喝聲休走只一下把個老龍頭打得稀爛可憐血濺潭中紅水泛屍飄浪上敗鱗浮諕得那龍子龍孫各各逃命九頭駙馬收龍屍轉宮而去行者與八戒且不追襲回上岸備言前事八戒道這廝銳氣挫了被我那一路鈀打進去時打得落花流水魂散魄飛正與那駙馬廝鬭却被老龍王赶着却虧了你打死那廝們回去一定停喪掛孝決不肯出來今又天色晚了却怎奈何

行者道管甚麽天晚乘此機會你還下去攻戰務必取出寶貝方可回朝那獃子意懶情疎徉徉推托行者催逼道兄弟不必多疑還像剛才引出來等我打他兩人正自商量只聽得狂風滚滚慘霧陰陰忽從東方徑往南去行者仔細觀看乃二郎顯聖領梅山六兄弟架着鷹犬挑着狐兔擡着獐鹿一個個腰挎彎弓手持利刃縱風霧踴躍而來行者道八戒那是我七聖兄弟倒好留請他們與我助戰若得成功倒是一場大機會也八戒道既是兄弟極該留請行者道但內有顯聖大哥我曾受他降伏不好見他你去攔住雲頭叫道眞君且略住住齊天大聖在此進拜

他若聽見是我斷然住了待他安下我却好見那獃子急
縱雲頭上山攔住厲聲高叫道真君且慢車駕有齊天大
聖請見哩那爺爺見說即傳令就停住六兄弟與八戒相
見畢問齊天大聖何在八戒道現在山下聽乎喚二郎道
兄弟每快去請來六兄弟乃是康張姚李郭直各各出營
叫道孫悟空哥哥大哥有請行者上前對衆作禮遂同上
山二郎爺爺迎見携手相攙一同相見道大聖你去脫大
難受戒沙門刻日功完高登蓮座可賀可賀行者道不敢
向蒙莫大之恩未展斯須之報雖然脫難西行未知功行
何如今因路遇祭賽國答救僧災在此擒妖索寶偶見兄

長卑駕。大膽請留一助。未審兄長自何而來。肯見愛否。二郎笑道。我因閒暇無事。同衆兄弟採獵而囘。幸蒙大聖不棄留會。足感故舊之情。若命協力降妖。敢不如命。却不知此地是何怪賊。六聖道。大哥忘了此間是亂石山。山下乃碧波潭萬聖之龍宮也。二郎驚呀道。萬聖老龍却不生事。怎麽敢偷塔寶。行者道。他近日招了一個駙馬。乃是九頭虫成精。他郎丈兩個做賊。將祭賽國下了一場血雨。把金光寺塔頂舍利佛寶偷來。那國王不解其意。苦拿着僧人拷打。是我師父慈悲。夜來掃塔。當被我在塔上拿住兩個小妖。是他差來巡探的。今早押赴朝中。實實供招了。那國

王就請我師收降師命我等到此先一場戰被九頭蟲
裡伸出一個頭來把八戒銜了去我却又變化下水解了
八戒才然大戰一場是我把老龍打死那廝每收屍掛孝
去了我兩個正議索戰却見兄長儀仗降臨故此輕瀆也
二郎道既傷了老龍正好與他攻擊使那廝不能措手却
不連窩巢都滅絕了八戒道雖是如此奈天晚何二郎道
兵家云征不待時何怕天晚康姚郭直道大哥莫忙那廝
家眷在此料無處去孫二哥也是貴客豬剛鬣又歸了正
果我們營內有隨帶的酒餚教小的們取火就此鋪設一
則與二位賀喜二來也當敘情且權會這一夜待天明索

戰何遲、二郎大喜道、賢弟說得極當、却命小校安排、行者道、列位盛情、不敢固却、但自做和尚、都是齋戒、恐葷素不便、二郎道、有素酒果品、也是素的、衆兄弟在星月光前幕天席地、舉杯敘舊、正是寂寞更長、懽娛夜短、早不覺東方發白、那八戒幾鍾酒、吃得興抖抖的道、天將明了、等老猪下水去索戰也、二郎道、元帥仔細、只要引他出來、我兄弟每好下手、八戒笑道、我曉得、我曉得、你看他斂衣纏鈀、使分水法、跳將下去、徑至那牌樓下、發聲喊、打入殿內、此時那龍子披了麻、看着龍屍哭、龍孫與那駙馬、在後面收拾棺材哩、這八戒罵上前、手起處、鈀頭着重、把個龍子夾西

連頭一鈀築了九個窟窿諕得那龍婆與衆往裡亂跑哭
道長嘴和尚又把我兒打死了那駙馬聞言即使月牙鏟
帶龍孫往外殺來這八戒舉鈀迎敵且戰且退跳出水中
這岸上齊天大聖與七兄弟一擁上前鎗刀亂下把個龍
孫剁成幾斷肉餅那駙馬見不停當在山前打個滚又現
了本像展開翅旋繞飛騰二郎即取金弓安上銀彈扯滿
弓往上就打那怪急鎩翅掠到山邊要咬二郎半腰裡才
伸出一個頭來被那頭細犬攛上去汪的一口把頭血淋
淋的咬將下來那怪物負痛逃生徑投北海而去八戒便
要赶去行者止住道且莫赶他正是窮寇勿追他被細犬

咬了頭必定是多死少生等我變做他的模樣你分開水路赶我進去尋那公主哄他寶貝來也二郎與六聖道不赶他倒也罷了只是遺這種類在世必為後人之害至今有個九頭虫滴血是遺種也那八戒依言分開水路行者變作怪物前走八戒吆吆喝喝後追漸漸追至龍宮只見那萬聖公主道駙馬怎麽這等慌張行者道那八戒得勝把我赶將進來覺道不能敵他你快把寶貝好生藏了那公主急忙難識真假即于後殿裡取出一個渾金匣子來遞與行者道這是佛寶又取出一個白玉匣子也遞與行者道這是九葉靈芝你拿這寶貝藏去等我與猪八戒鬥

上兩三合攩住他你將寶貝收好了再出來與他合戰行者將兩個匣兒收在身邊把臉一抹現了本像道公主你看我可是駙馬麼公主慌了便要搶奪匣子被八戒跑上去着肩一鈀築倒在地還有一個老龍婆徹身就走被八戒扯住舉鈀才築行者道且住莫打死他留個活的好去國內見功遂將龍婆提出水面行者隨後捧着兩個匣子上岸對二郎道感兄長威力得了寶貝掃淨妖賊也二郎道一則是那國王洪福齊天二則是賢昆玉神通無量我何功之有兄弟每俱道孫二哥既以功成我每就此告別行者感謝不盡欲留同見國王諸公不肯遂帥衆回灌口

却說行者捧着匣子八戒拖着龍婆半雲半霧頃刻間到了國內原來那金光寺解脫的和尚都在城外迎接忽見他兩個雲霧定時近前磕頭禮拜接入城中那國王與唐僧正在殿上講論這里有先走的和尚使着膽入朝門奏道萬歲孫猪二老爺擒賊獲寶而來也那國王聽說連忙下殿共唐僧沙僧迎着稱謝神功不盡隨命排宴謝恩三藏道且不須賜飲着小徒歸了塔中之寶方可飲宴三藏又問行者道汝等昨日離國怎麼今日才來行者把那戰駙馬打龍王逢真君敗妖怪及變化哄寶貝之事細說了一遍三藏與國王大小文武俱喜之不勝國王又問龍婆

能人言語否八戒道乃是龍王之妻生了許多龍子龍孫豈不知人言國王道既知人言快早說前後做賊之事龍婆道偷佛寶我全不知都是我那夫君龍鬼與那駙馬九頭虫知你塔上之光乃是佛家舍利子三年前下了血雨乘機盗去又問靈芝草是怎麽偷的龍婆道只是小女萬聖公主私入大羅天上靈虛殿前偷的王母娘娘九葉靈芝草那舍利子得這草的仙氣温養着千年不壞萬載生光去地下或田中掃一掃即有萬道霞光千條瑞氣如今被你奪來弄得我[illegible]死子絕壻喪女亡千萬饒了我的命罷八戒道正不饒你哩行者道家無全犯我便饒你只便

要你長遠替我看塔龍婆道好死不如惡活但留我命憑你教做甚麼行者叫取鐵索來當駕官即取鐵索一條把龍婆琵琶骨穿了教沙僧請國王來看我們安塔去那國王即忙排駕遂同三藏攜手出朝併文武多官隨至金光寺上塔將舍利子安在第十三層塔頂寶瓶中間把龍婆鎖在塔心柱上念動真言喚出本國土地城隍與本寺伽藍每三日進飲食一飡與這龍婆度口少有差訛即行處斬眾神暗中領諾行者却將芝草把十三層塔層層掃過安在瓶內溫養舍利子這才是整舊如新霞光萬道瑞氣千條依然八方共覩四國同瞻下了塔門國王就謝道不

是老佛與三位菩薩到此怎生得明此事也行者道陛下
金光二字不好不是久住之物金乃流動之物光乃爛爍
行者講道學
之氣貧僧爲你勞碌這場將此寺改作伏龍寺教你永遠
常存那國王即命換了字號懸上新扁乃是勅建護國伏
龍寺一壁廂安排御宴一壁廂召丹青寫下四衆生形五
鳳樓註了名號國王擺鑾駕送唐僧師徒賜金玉酬答師
徒們堅辭一毫不受這真個是

邪怪剪除萬境靜　寶塔回光大地明

畢竟不知此去前路如何且聽下回分解

總批

九頭妖者喻人之頭緒多也心無二用豈有方員並

畫東西兩到之理多岐志羊慎之慎之

第六十四回

荆棘嶺悟能努力　木仙菴三藏談詩

話表祭賽國王謝了唐三藏師徒獲寳擒怪之恩所贈金玉分毫不受却命當駕官照依四位常穿的衣服各做兩套鞋襪各做兩雙縧環各做兩條外備乾糧烘炒倒換了通關文牒大排鑾駕並文武多官滿城百姓伏龍寺僧人大吹大打送四衆出城約有二十里先辭了國王衆人又送二十里辭回伏龍寺僧人送有五六十里不回有的要同上西天有的要修行伏侍行者見都不肯回去遂弄個手段把毫毛拔了三四十根吹口仙氣叫變都變作斑斕

猛虎攔住前路咆哮踴躍衆僧方懼不敢前進大聖才引
師父策馬而去少時間去得遠了衆僧人放聲大哭都喊
有恩有義的老爺我等無緣不肯度我們也且不說衆僧
啼哭却說師徒四衆走上大路却才收回毫毛一直西去
正是時序易遷又早冬殘春至不煖不寒正好逍遥行路
忽見一條長嶺嶺頂上是路三藏勒馬觀看那嶺上荆棘
丫义薜蘿牽繞雖是有道路的痕跡左右却都是荆刺棘
針唐僧叫徒弟這路怎生走得行者道怎麼走不得又道
徒弟阿路痕在下荆棘在上只除是蛇虫伏地而遊方可
去了若你們走腰也難伸教我如何乘馬八戒道不打緊

等我使出鈀柴手來把釘鈀分開荊棘莫說乘馬就擡轎也包你過去三藏道你雖有力長遠難熬却不知有多少遠近怎生費得這許多精神行者道不須商量等我去看看將身一縱跳在半空看時一望無際真個是

匝地遠天凝烟帶雨夾道柔茵亂漫山翠蓋張密密搓搓初發葉攀攀扯扯正芬芳遥望不知何所盡近觀一似綠雲茫蒙蒙茸茸鬱鬱蒼蒼風聲飄索索日影映煌煌那中間有松有柏還有竹多梅多柳更多桑薜蘿纏古樹藤葛繞垂楊盤團似架聯絡如牀有處花開真布錦無端卉發遠生香爲人誰不遭荊棘那見西方荊棘

○着○眼○

長
行者看罷多時將雲頭按下道師父這去處遠哩三藏問有多少遠行者道一望無際似有千里之遙三藏大驚道怎生是好沙僧笑道師父莫愁我們也學燒荒的放上一把火燒絕了荆棘過去八戒道莫亂談燒荒的須在十來月草衰木枯方好引火如今正是蕃盛之時怎麼燒得行者道就是燒得也怕人子三藏道這般怎生得度八戒笑道要得度還依我好獃子捻個訣念個呪語把腰躬一躬叫長就長了有二十丈高下的身軀把釘鈀幌一幌叫變就變了有三十丈長短的鈀柄拽開步雙手使鈀將荆棘

左右摟開請師父跟我來也三藏見了甚喜即策馬緊隨後面沙僧挑着行李行者也使鐵棒撥開這一日未曾住手行有百十里將次天晚見有一塊空濶之處當路上有一通石碣上有三個大字乃荆棘嶺下有兩行十四個小字乃

荆棘蓬攀八百里古來有路少人行

八戒見了笑道等我老猪與他添上兩句

（破戒如何開得路）

自今八戒能開破直透西方路盡平

三藏欣然下馬道徒弟阿累了你也我們就在此住過了今宵待明日天明再走八戒道師父莫住趁此天色晴明

我等有興，連夜摟開路，走他娘，那長老只得相從。八戒上前努力，師徒們人不住手，馬不停蹄，又行了一日一夜，却又天色晚矣，那前面蓬蓬結結，又聞得風敲竹韻，颯颯松聲，却好又有一段空地，中間乃是一座古廟，廟門之外，有松柏凝青，桃梅鬬麗。三藏下馬，與三個徒弟同看，只見

巖前古廟枕寒流，落日荒烟鎖廢坵。白鶴叢中深歲月，綠蕪臺下自春秋。竹搖青珮疑聞語，鳥弄餘音似訴愁。雞犬不通人跡少，閒花野蔓遶牆頭。

行者看了道，此地少吉多凶，不宜久坐。沙僧道，師兄差疑了，似這杳無人煙之處，又無個怪獸妖精，怕他怎的，說不

了忽見一陣陰風廟門後轉出一個老者頭戴角巾身穿淡服手持拐杖足踏芒鞋後跟着一個青臉獠牙紅鬚赤身鬼使頭頂着一盤麪餅跪下道大聖小神乃荊棘嶺土地知大聖到此無以接待特備蒸餅一盤奉上老師父各請一飡此地八百里更無人家聊吃些兒充飢八戒懽喜上前舒手就欲取餅不知行者端詳已久喝一聲且住這厮不是好人休得無禮你是甚麽土地來誑老孫看棍那老者見他打來將身一轉化作一陣陰風呼的一聲把個長老攝將起去飄飄蕩蕩不知攝去何所慌得那大聖沒跟尋處八戒沙僧俱相顧失色白馬亦秖自驚吟三兄弟

連馬四口，恍恍忽忽，遠望高張，並無一毫下落，前後找尋不題。却說那老者同鬼使，把長老擡到一座烟霞石屋之前，輕輕放下，與他携手相攙道：聖僧休怕，我等不是歹人，乃荊棘嶺十八公是也。因風清月霽之宵，特請你來會友談詩，消遣情懷故耳。那長老却才定目睜眼，仔細觀看，真個是：

漠漠烟雲去所，清清仙境人家。正好潔身修鍊，堪宜種竹栽花。每見翠巖來鶴，時聞清沼鳴蛙。更賽天台丹竈，仍期華岳明霞。說甚耕雲釣月，此間隱逸堪誇。坐久幽懷如海，朦朧月上牕紗。

三藏正自默看漸覺月明星朗只聽得人語相談都道十八公請得聖僧來也長老擡頭觀看乃是三個老者前一個霜姿丰采第二個綠鬢婆娑第三個虛心黛色各各面貌衣服俱不相同都來與三藏作禮長老還了禮道弟子有何德行敢勞列位仙翁下愛十八公笑道一向聞知聖僧有道等待多時今幸一見如果不吝珠玉寬坐敘懷足見禪機真派三藏躬身道敢問仙長大號十八公道霜姿者號孤直公綠鬢者號凌空子虛心者號拂雲叟老拙號日勁節三藏道四翁尊壽幾何孤直公道

我歲今經千歲古撐天葉茂四時春香枝鬱鬱龍蛇狀

碎影重重霜雪身、自幼堅剛能耐老。從今正直喜修身。
烏棲鳳宿非凡輩、落落森森遠俗塵。

凌空子笑道。

吾年千載傲風霜、高幹靈枝力自剛。夜靜有聲如雨滴
秋晴蔭影似雲張。盤根已得長生訣、受命尤宜不老方。
留鶴化龍非俗輩、蒼蒼爽爽近仙鄉。

拂雲叟笑道。

歲寒虛度有千秋、老景瀟然清更幽。不雜囂塵終冷淡
飽經霜雪自風流。七賢作侶同談道、六逸爲朋共唱酬。
戛玉敲金非瑣瑣、天然情性與仙遊。

勁節十八公笑道。
我亦千年約有餘。蒼然貞秀自如如。堪憐雨露生成力。借得乾坤造化機。萬壑風烟惟我盛。四時洒落讓吾踈。蓋張翠影留仙客。博奕調琴講道書。
三藏稱謝道。四位仙翁。俱享高壽。但勁節翁又千歲餘矣。高年得道。丰采清奇。得非漢時之四皓乎。四老道。承過奬。承過奬。吾等非四皓。乃深山之四操也。敢問聖僧妙齡幾何。三藏合掌躬身荅道
四十年前出母胎。未產之時命已災。逃生落水隨波滾。幸遇金山脫本骸。養性看經無懈怠。誠心拜佛敢俄捱。

今蒙皇上差西去，路遇仙翁下愛來。

四老俱稱道聖僧自出娘胎，即從佛敎，果然是從小修行，眞中正有道之上僧也。我等幸接台顏，敢求大敎，望以禪法指敎一二，足慰生平。長老聞言，慨然不懼，即對衆言曰：禪者，靜也；法者，度也。靜中之度，非悟不成。悟者，洗心滌慮，脫俗離塵是也。夫人身難得，中土難生，正法難遇，全此三者，幸莫大焉。至德妙道，渺漠希夷，六根六識，遂可掃除。菩提者，不死不生，無餘無欠，空色包羅，聖凡俱遣。訪眞了元始鉗鎚，悟實了牟尼手段。發揮象罔，踏碎涅槃。必須覺中覺了悟中悟，一點靈光全保護。放開烈焰

着眼

照娑婆法界縱橫獨顯露至幽微更守固玄關户說詳
人度我元修大覺禪有緣有志方能悟
四老側耳受了無邊喜悅一個個稽首皈依躬身拜謝道
聖僧乃禪機之悟本也拂雲叟道禪雖靜法雖度須要性
定心誠總爲大覺真仙終坐無生之道我等之玄大不同
也三藏道道乃非常體用合一如何不同拂雲叟笑道
我等生來堅實體用比爾不同感天地以生身蒙雨露
而滋色笑傲風霜消磨日月一葉不凋千枝節操似這
話不叩冲虛（和盤托出）你執持梵語道也者本安中國石來求証
西方空費了草鞋不知尋個甚麼石獅子剜了心肝野

狐涎灌徹骨髓忘本參禪妄求佛果都是我荊棘嶺葛藤謎語蘿蓏渾言此般君子怎生接引這等規模如何印授必須要檢點見前面目靜中自有生涯沒底竹籃汲水無根鐵樹生花靈寶峰頭牢着脚歸來雅會上龍華 蓏音虜

三藏聞言叩頭拜謝十八公用手攙扶孤直公將身扯起凌空子打個哈哈道拂雲之言分明漏泄聖僧請起不可盡信我等趁此月明原不為講論修持且自吟哦逍遥放蕩襟懷也拂雲叟笑指石屋道若要吟哦且入小菴一茶何如長老眞個欠身向石屋前觀看門上有三個大字乃

木仙菴遂此同入、又敘了坐次、忽見那赤身鬼使、捧一盤茯苓膏、將五盞香湯奉上、四老請唐僧先吃、三藏驚疑不敢便吃、那四老一齊享用、三藏卻才吃了兩塊、各飲香湯收去、三藏留心偷看、只見那裡玲瓏光彩、如月下一般、水自石邊流出、香從花裡飄來、滿座清虛雅致、全無半點塵埃、

三藏偷心未滯

那長老見此仙境、以爲得意、情樂懷開、十分懽喜、忍不住念了一句道、

禪心似月迥無涯

勁節老笑而即聯道、

詩興如天青更新

孤直公道

好句漫裁摶錦繡

凌空子道　佳文不點唾奇珍

拂雲叟道、六朝一洗繁華盡　四始重刪雅頌分

三藏道弟子一時失口、胡談幾字、誠所謂班門弄斧、適聞列仙之言、清新飄逸、眞詩翁也、勁節老道、聖僧不必閒敘、家人全始全終、既有起句、何無結句、望卒成之、三藏道弟子不能、煩十八公結而成篇爲妙、勁節道你好心腸、你起的句、如何不肯結果、慳吝珠璣、非道理也、三藏只得續後句云、

半枕松風茶未熟　吟搖瀟洒滿腔春

十八公道、好個吟懷瀟洒滿腔春、孤直公道、勁節你深知

詩詠所以只管咀嚼何不再起一篇十八公亦慨然不辭道我却是頂針字起

春不榮華冬不枯　雲來霧往只如無

凌空子道我亦體前頂針二句

無風搖拽婆娑影　有客忻憐福壽圖

拂雲叟亦頂針道

圖似西山堅節老　清如南國沒心夫

一騃歪詩堪笑堪笑

孤直公亦頂針道

夫因側葉稱梁棟　臺為橫柯作憲烏

長老聽了讚嘆不已道真是陽春白雪浩氣冲霄弟子不

才敢再起兩句孤直公道聖僧乃有道之士大養之人也
不必再相聯句請賜教全篇庶我等亦好勉强而和三藏
無已只得笑吟一律曰

杖錫西來拜法王願求妙典遠傳揚金芝三秀詩壇瑞
寶樹千花蓮蕋香百尺竿頭須進步十方世界立行藏
修成玉像莊嚴體極樂門前是道場

四老聽畢俱極讚揚十八公道老拙無能大膽攙越也勉
和一首云

勁節孤高笑木王靈椿不似我名揚山空百丈龍蛇影
泉泌千年琥珀香解與乾坤生氣槩喜因風雨化行藏

衰殘自愧無仙骨惟有苓膏結壽場

孤直公道此詩起句雄豪聯句有力但結句自謙太過矣（做歪詩的偏會標榜）堪羨堪羨老拙也和一首曰

霜姿常喜宿禽王四絕堂前大器揚露重珠纓蒙翠盖風輕石齒碎寒香長廊夜靜吟聲細古殿秋陰淡影藏元日迎春曾獻壽老來寄傲在山場

淩空子笑而言曰好詩好詩真個是月脅天心心拙何能爲和但不可空過也須拙淡幾句云

梁棟之材近帝王太清宮外有聲揚晴軒恍若來青氣暗壁尋常度翠香壯節凜然千古秀深根結矣九泉藏

凌雲世葢婆娑影．不在群芳艷麗場．

拂雲叟道．三公之詩．高雅清淡．正是放開錦繡之囊也．我身無力．我腹無才．得三公之教．茅塞頓開．無已也打油幾句．幸勿哂．曰

淇澳園中樂聖王．渭川千畝任分揚．翠筠不染湘娥淚．班籜堪傳漢史香．霜葉自來顔不改．烟稍從此色何藏．子猷去世知音少．亘古留名翰墨場．

三藏道．衆仙老之詩．真個是吐鳳噴珠．游夏莫贊．厚愛高情．感之極矣．但夜已深沉．三個小徒．不知在何處等我．莫着弟子不能久留．敢此告回．尋訪尤無窮之至愛．望老

仙指示歸路。四老笑道。聖僧勿慮。我等也是千載奇逢。況天光晴爽。雖夜深。却月明如晝。再請寬坐。待天曉。自當遠送過嶺。高徒一定可相會也。正話間。只見石屋之外。有兩個青衣女童。打一對絳紗燈籠。後引着一個仙女。那仙女撚着一枝杏花。笑吟吟進門相見。那仙女怎生模樣。他生得

青姿粧翡翠。丹臉賽胭脂。星眼光還彩。蛾眉秀又齊。下襯一條五色梅淺紅裙子。上穿一件煙裡火比甲輕衣。弓鞋彎鳳嘴。綾襪錦拖泥。妖嬈嬌似天台女。不亞當年俏妲己。

四老欠身問道杏仙何來那女子對衆道了萬福道知有佳客在此賡酧特來相訪致求一見十八公指着唐僧道佳客在此何勞求見三藏躬身不敢言語那女子叫快獻茶來又有兩個黄衣女童捧一個紅漆丹盤盤內有六個細磁茶盂盂內設幾品異果横担着匙兒提一把白鐵嵌黄銅的茶壺壺內香茶噴鼻斟了茶那女子微露春葱捧磁盂先奉三藏次奉四老然後一盞自取而陪凌空子道杏仙爲何不坐那女子方才去坐茶畢欠身問道仙翁今宵盛樂佳句請教一二如何拂雲叟道我等皆鄙俚之言惟聖僧眞盛唐之作甚可嘉羨那女子道如不吝教乞賜

一觀四老即以長老前詩後詩並禪法論宣了一遍那女子滿面春風對衆道妾身不才不當獻醜但聆此佳句似不可虛也勉强將後詩奉和一律如何遂朗吟道

上蓋留名漢武王周時孔子立壇場董仙愛我成林積孫楚曾憐寒食香雨潤紅姿嬌且嫩烟蒸翠色顯還藏自知過熟微酸意落處年年伴麥場

四老聞詩人人稱賀都道清雅脫塵句內包含春意好個雨潤紅姿嬌且嫩烟蒸翠色顯還藏那女子笑而悄答道惶恐惶恐適聞聖僧之章誠然錦心繡口如不吝珠玉賜敎一闋如何唐僧不敢答應那女子漸有見愛之情挨挨

軋軋漸近坐前低聲悄語呼道佳客莫者趁此良宵不要子待要怎的人生光景能有幾何十八公道杏仙儘有仰高之情聖僧豈可無俯就之意如不見憐是不知趣了也孤直公道聖僧乃有道有名之士決不苟且行事如此樣舉措是我等取罪過了汚人名壞人德非遠達也果是杏仙有意可教拂雲叟與十八公做媒我與淩空子保親成此姻眷何不美哉三藏聽言遂變了顏色跳起來高叫道汝等皆是一類怪物這般誘我當時只以砥礪之言談玄談道可也如今怎麼以美人局來騙害貧僧是何道理四老見三藏發怒一個個咬指担驚再不敢言那赤身鬼使

爆躁如雷道這和尚好不識擡舉我這姐姐那些兒不好他人材俊雅玉質嬌姿不必說那女工針指只這一段詩才也配得你過你怎麼這等推辭休錯過了孤直公之言甚當如果不可苟合待我再與你主婚三藏大驚失色憑他們怎麼胡談亂講只是不從鬼使又道你這和尚我們好言好語你不聽從若是我們發起村野之性還把你攝了去教你和尚不得做老婆不得取却不枉爲人一世也那長老心如金石堅執不從暗想道我徒弟們不知在那里尋我哩說一聲止不住眼中墮淚那女子陪着笑挨至身邊翠袖中取出一個蜜合綾汗巾來與他揩淚道佳客

匆得煩惱我與你倚玉偎香耍子去來長老咄的一聲吆喝跳起身來就走被那些人扯扯拽拽攘到天明忽聽得那里叫聲師父師父你在那方言語也原來那孫大聖與八戒沙僧牽着馬挑着擔一夜不曾住脚穿荊度棘東尋西找却好半雲半霧的過了八百里荊棘嶺西下聽得唐僧吆喝却就喊了一聲那長老掙出門來叫聲悟空我在這里哩快來救我快來救我那四老與鬼使那女子與女童幌一幌都不見了須臾間八戒沙僧俱到跟前道師父你怎麽得到此也三藏扯住行者道徒弟啊多累了你們了昨日晚間見的那個老者言說土地送齋一事是你喝

聲要打他就把我擡到此方他與我携手相攙走入門又見三個老者來此會我俱道我做聖僧一個個言談清雅極善吟詩我與他賡和相攀覺有夜半時候又見一個美貌女子執燈火也來這里會我吟了一首詩稱我做佳客因見我相貌欲求配偶我方省悟正不從時又被他做媒的做媒保親的保親主婚的主婚我立誓不肯正欲掙着要走與他嚷鬧不期你們到了一則天明二來還是怕你只才還扯扯拽拽忽然就不見了行者道你既與他敘話談詩就不曾問他個名字三藏道我曾問他之號那老者喚做十公號勁節第二個號做孤直公第三個號凌空子

第四個號拂雲叟那女子稱他做杏仙八戒道此物在於何處才往那方去了三藏道去向之方不知何所但只談詩之處去此不遠他三人同師父看處只見一座石崖崖上有木仙菴三字三藏道此間正是行者仔細觀之却原來是一株大檜樹一株老柏一株老松一株老竹竹後有一株丹楓再看崖那邉還有一株老杏二株臘梅二株丹桂行者笑道你們可曾看見妖怪八戒道不曾行者道你不知就是這幾株樹木在此成精也八戒道哥哥怎得知成精者是樹行者道十八公乃松樹孤直公乃柏樹凌空子乃檜樹拂雲叟乃竹竿赤身鬼乃楓樹杏仙即杏樹女

童即丹桂臘梅也八戒聞言不論好歹一頓釘鈀三五長嘴連拱帶築把兩株臘梅丹桂老杏楓楊俱揮倒在地果然那根下俱鮮血淋漓三藏近前扯住道悟能不可傷了他他雖成了氣候却不曾傷我我等找路去罷行者道師父不可惜他恐日後成了大怪害人不淺也那獃子索性一頓鈀將松柏檜竹一齊皆築倒却才請師父上馬往大路一齊西行畢竟不知前去如何且聽下回分解

總評

昔人在荊棘中談詩今日談詩中有荊棘矣可爲發嘆

第六十五回

妖邪假設小雷音　四衆皆遭大厄難

這回因果勸人爲善切休作惡一念生神明照鑑任他爲作拙蠢乖能君怎學兩般還是無心藥趁生前有道正該修莫浪泊認根源脫本殼訪長生須把捉要時時明見醍醐斟酌貫徹三關塡黑海管教善者乘鸞鶴那其間愍故更慈悲登極樂

話表唐三藏一念虔誠且休言天神保護似這草木之靈尚來引送雅會一宵脫出荆棘針刺再無蘿蓏攀纏四衆西進行勾多時又值冬殘正是那三春之日。

物華交泰。斗柄回寅。草芽遍地綠。柳眼滿堤青。一嶺桃花紅錦浣。半溪烟水碧羅明。幾多風雨無限心情。日曬花心艷。燕啣苔蘂輕。山色王維畫濃淡。鳥聲季子舌縱橫。芳菲鋪繡無人賞。蝶舞蜂歌却有情。

師徒也自尋芳踏翠。緩隨馬步正行之間。忽見一座高山遠望著與天相接。三藏揚鞭指道。悟空。那座山也不知有多少高。可便似接著青天。透冲碧漢。行者道。古詩云。只有天在上。更無山與齊。但言山之極高。無可與他並比。豈有接天之理。八戒道。若不接天。如何把崑崙山號爲天柱。行者道。你不知。自古天不滿西北。崑崙山在西北乾位上。故

有頂天塞空之意。遂名天柱。沙僧笑道。大哥把這好話兒
莫與他說他聽了去。又降別人。我每且走路。等上了那山。
就知高下也。那獃子趕著沙僧厮耍厮鬬。老師父馬快如
飛須臾到那山崖之邊。一步步往上行來。只見那山
林中風颯颯澗底水潺潺鴉雀飛不過神仙也道難。千
崖萬壑億曲百灣塵埃滚滚無人到怪石森森不厭看
有處有雲如水滉是方是樹鳥聲繁鹿啣芝去。猿摘桃
還狐貉往來崖上跳麋獐出入嶺頭頑忽聞虎嘯驚人
膽斑豹蒼狼把路攔。
唐三藏一見心驚。孫行者神通廣大。你看他一條金箍棒。

哮吼一聲。嚇過了狼蟲虎豹。剖開路。引師父直上高山。行過嶺頭下西平處。忽見祥光藹藹。彩霧紛紛。有一所樓臺殿閣。影影的鐘聲悠揚。三藏道。徒弟每看是箇甚麼去處行者擡頭。用手搭涼蓬。仔細觀看。那壁廂好箇所在。眞箇是

珍樓寶座。上刹名方。谷虛繁地籟。境寂散天香。青松帶雨遮高閣。翠竹留雲護講堂。霞光縹緲龍宮顯。彩色飄颻沙界長。朱欄玉戶。畫棟雕梁。談經香滿座。語籙月當牕。鳥啼丹樹內。鶴飲石泉傍。四圍花發琪園秀。三面門開舍衛光。樓臺突兀門迎嶂。鐘磬虛徐聲韻長。牕開風

細簾捲烟茫有僧情散淡無俗意和昌紅塵不到真仙境靜士招提好道場

行者看罷回復道師父那去處是便是座寺院却不知禪光瑞藹之中又有些凶氣何也觀此景象也是雷音却又路道差池我每到那廂决不可擅入恐遭毒手唐僧道既有雷音之景莫不就是靈山你休誤了我誠心擔閣了我來意行者道不是不是靈山之路我也走過幾遍那是這路途八戒道縱然不是也必有箇好人居住沙僧道不必多疑此條路未免從那門首過是不是一見可知也行者道悟淨說得有理那長老策馬加鞭至山門前見雷音寺

三箇大字慌得滾下馬來倒在地下口裏駡道潑猢猻害殺我也現是雷音寺還哄我哩行者陪笑道師父莫惱你再看看山門上乃四箇字你怎麽口念出三箇來倒還怪我長老戰兢兢的爬起來再看真箇是四箇字乃小雷音寺三藏道就是小雷音寺必定也有箇佛祖在内經上言三千諸佛想是不在一方似觀音在南海普賢在峨眉文殊在五臺這不知是那一位佛祖的道場古人云有佛有經無方無寶我們可進去來行者道不可進去此處少吉多凶若有禍患你莫怪我三藏道就是無佛也必有箇佛像我弟子心願遇佛拜佛如何怪你即命八戒取袈裟換

僧帽結束了衣冠舉步前進只聽得山門裏有人叫道唐僧你自東土來拜見我佛怎麼還這等怠慢三藏聞言即便下拜八戒也磕頭沙僧也跪倒惟大聖牽馬收拾行李在後方入到二層門內就見如來大殿殿門外寶臺之下擺列著五百羅漢三千揭諦四金剛八菩薩比丘尼優婆塞無數的聖僧道者真箇也香花艷麗瑞氣繽紛慌得那長老與八戒沙僧一步一拜拜上靈臺之間行者公然不拜又聞得蓮臺座上厲聲高叫道那孫悟空見如來怎麼不拜不知行者又仔細觀看見得是假遂丟了馬匹行囊掣棒在手喝道你這夥業畜十分膽大怎麼假倚佛名敗

壞如來清德不要走雙手掄棒上前便打只聽得半空中叮噹一聲撇下一付金鐃把行者連頭帶足合在金鐃之內慌得箇猪八戒沙和尚連忙使起鈀杖就被些阿羅揭諦聖僧道者一擁近前圍繞他兩箇措手不及盡被拿了將三藏捉住一齊都繩穿索綁緊縛牢拴原來那蓮花座上粧佛祖者乃是箇妖王衆阿羅等都是些小怪遂收了佛像體像依然現出妖身將三衆擡入後邊收藏把行者合在金鐃之中永不開放只閣在寶臺之上限三晝夜化爲膿水化後才將鐵籠蒸他三箇受用這正是

碧眼胡兒識假眞禪機見像拜全身黃婆盲目同參禮

木母痴心共話論，邪怪生強欺本性。魔頭懷惡詐天人，
誠爲道小魔爲大，錯入旁門枉費身。
那時羣妖將唐僧之衆收藏在後，把馬拴在後邊，把他的袈裟僧帽安在行李擔內，亦收藏了，一壁廂嚴緊不題。却說行者合在金鐃裏，黑洞洞的，燥得滿身流汗，左拱右撞，不能得出，急得他使鐵棒亂打，莫想得動分毫。他心裏沒了筭計，將身往外一掙，却要掙破那金鐃，遂捻著一個訣，就長有千百丈高，那金鐃也隨他身長，全無一些瑕縫光明。却又捻訣，把身子往下一小，小如芥菜子兒，那鐃也就隨身小了，更沒些些孔竅。他又把鐵棒吹口仙氣，叫變，即

變做旛竿一樣撐住金鐃他却把腦後毫毛選長的拔下兩根叫變即變做梅花頭五瓣鑽兒挨著棒下鑽有千百下只鑽得蒼蒼响嘵再不鑽動一些行者急了却捻箇訣念一聲唵嚂靜法界乾元亨利貞的呪語拘得那五方揭諦六丁六甲一十八位護教伽藍都在金鐃之外道大聖我等俱保護著師父不教妖魔傷害你又拘喚我等做甚行者道我那師父不聽我勸解就弄死他也不虧但只你等怎麼快作法將這鐃鈸掀開放我出來再作處治這裏面不通光亮滿身爆燥却不悶殺我也衆神眞箇掀鐃就如長就的一般莫想揭動分毫金頭揭諦道大聖這鐃鈸

不知是件甚麽寶貝，連上帶下，合成一塊，小神力薄，不能掀動。行者道，我在裏面，不知使了多少神通，也不得動，揭諦聞言，即著六丁神保護著唐僧，六甲神看守著金鐃，衆伽藍前後照察，他却縱起祥光，須臾間闖入南天門裏，不待宣召，直上靈霄寶殿之下，見玉帝，俯伏啓奏道，主公臣乃五方揭諦使，今有齊天大聖，保唐僧取經，路遇一山，名小雷音寺，唐僧錯認靈山進拜，原來是妖魔假設，因陷他師徒，將大聖合在一付金鐃之內，進退無門，看看至死，特來啓奏，即傳旨差二十八宿星辰，快去釋厄降妖，那星宿不敢少緩，隨同揭諦出了天門，至山門之內，有二更時分，那些大小妖精因獲了唐僧老妖俱犒賞了各去睡覺衆星宿便不驚張都到鐃鈸之外報道大聖我等是玉帝差來二十八宿到此救你行者聽說大喜便教動兵器打破老孫就出來了衆星宿道不敢打此物乃渾金之寶打著必响响時驚動妖魔却難救拔等我們用兵器梢他你那里但見有一些光處就走行者道正是你看他們使鎗的使鎗使劍的使劍使刀的使刀使斧的使斧扛的扛撞的撞掀的掀捎的捎弄到有二更天氣漠然不動就是鑄成了囫圇的一般那行者在裏邊東張張西望望爬過來滚過去莫想看見一些光亮亢金龍道大聖呵且休焦躁觀

此寶定是箇如意之物，斷然也能變化，你在那裏面看那
合縫之處，用手摸看，等我使角尖兒拱進來，你可變化了
順鬆處脫身，行者依言，真箇在裏面亂摸，這星宿把身變
小了，那角尖兒就似箇針尖一樣，順著鈸合縫口上，伸將
進去，可憐用盡千斤之力，方能穿透裏面，却將本身與角
使法像，叫長長長，角就長有碗來粗細，那鈸口倒也不像
金鑄的，好似皮肉長成的，順著亢金龍的角，緊緊噙住，四
下裏更無一絲拔縫，行者摸著他的角，叫道不濟事，上下
沒有一毫鬆處，沒柰何，你忍著些兒疼，帶我出去，好大聖
即將金箍棒，變作一把鋼鑽兒，將他那角尖上，鑽了一箇

孔竅，把身子變得似個芥菜子兒，拱在那鑽眼裏蹲著，叫扯出角去，扯出角去，這星宿又不知費了多少力，方才拔出，使得力盡筋柔，倒在地下。行者却從他角尖鑽眼裏鑽出，現了原身，掣出鐵棒，照鐃鈸噹的一聲打去，就如崩倒銅山，咋開金鐃，可惜把個佛門之器，打做個千百塊散碎之金，諕得那二十八宿驚張，五百揭諦髮竪，大小羣妖皆夢醒，老妖王睡裏慌張，急起來披衣擂皷，聚點羣妖，各執器械。此時天將黎明，一擁赶到寶臺之下，只見孫行者與列宿圍在碎破金鐃之外，大驚失色，即令小的每緊關了前門，不要放出人去。行者聽說，即攜星衆，駕雲跳在九霄空裏。那妖王收了金鐃排開妖卒。列在山門外。妖王懷恨沒柰何。披掛了。使一根短軟狼牙棒出營高叫孫行者。好男子。不可遠走高飛。快向前與我交戰三合。行者忍不住即引星衆撥落雲頭觀看。那妖精。怎生模樣。但見他

蓬著頭。勒一條匾薄金箍。光著眼。簇兩道黃眉的竪懸膽鼻。孔竅開查。四方口。牙齒尖利。穿一副叩結連環鎧勒一條生絲攢穗縧。脚踏烏喇鞋一對。手執狼牙棒一根。此形似獸不如獸。相貌非人却似人。

行者挺著鐵棒喝道你是箇甚麼怪物。擅敢假粧佛祖侵占山頭虛設小雷音寺。那妖王道這猴兒是也不知我的

姓名故來冒犯仙山此處喚做小西天因我修行得了正果天賜與我的寶閣珍樓我名乃是黃眉老佛這里人不知但稱我爲黃眉大王黃眉爺爺一向久知你往西去有些手段故此設像顯能誘你師父進來要和你打箇賭賽如若鬭得過我饒你師徒讓汝等成箇正果如若不能將汝等打死等我去見如來取經果正中華也行者笑道妖精不必海口既要賭快上來領棒那妖王喜孜孜使狼牙棒抵住這一場好殺

兩條棒不一樣說將起來有形狀一條短軟佛家兵一條堅硬藏海藏都有隨心變化功今番相遇爭强壯短

軟狼牙雜錦糚堅硬金箍蛟龍像若粗若細實可誇要
短要長甚停當猴與魔齊打杖這塲真箇無虛誑馴猴
秉教作心猿潑怪欺天弄假像嗔嗔恨恨各無情惡惡
兇兇都有樣那一箇當頭手起不放鬆這一箇架丟勞
面難謙讓噴雲照日昏吐霧遮峰嶂棒來棒去兩相迎
忘生忘死因三藏

看他兩箇鬪經五十回合不見輸贏那山門口鳴鑼擂皷
衆妖精吶喊搖旗這壁廂有二十八宿天兵共五方揭諦
衆聖各掮器械吆喝一聲把那魔頭圍在中間嚇得那山
門外羣妖難擂皷戰兢兢手軟不敲鑼老妖魔公然不懼

一隻手使狼牙棒架著衆兵一隻手去腰間解下一條舊
白布搭包兒往上一抛滑的一聲響喨把孫大聖二十八
宿與五方揭諦一搭包兒通裝將去挎在肩上拽步回身
衆小妖箇箇歡然得勝而回老妖教小的們取了三五千
條麻索解開搭包拿一箇綑一箇一箇箇都骨軟筋麻皮
膚窊皺綑了擡去後邊不分好歹俱擲之於地妖王又命
排筵暢飲自旦至暮方散各歸寢處不題却說孫大聖與
衆神綑至夜半忽聞有悲泣之聲側耳聽時却原來是三
藏聲音哭道悟空呵我
自恨當時不聽伊致令今日受災危金鐃之內傷了你

蔴繩綑我有誰知．四衆遭逢緣命苦三千功行盡傾頹
何由解得迍邅難．坦蕩西方去復歸．
行者聽言．暗自憐憫道．那師父雖是未聽吾言．今遭此害
然於患難之中．還有憶念老孫之意．趁此夜靜妖眠無人
防備．且去解脫衆等逃生也好．大聖使了箇遁身法．將身
一小．脫下繩來．走近唐僧身邊．叫聲師父．長老認得聲音．
叫道．你爲何到此．行者悄悄的把前項事告訴了一遍．長
老甚喜道．徒弟快救我一救．向後事．但憑你處．再不強了．
行者才動手．先解了師父．放了八戒沙僧．又將二十八宿
五方揭諦．箇箇解了．又牽過馬來．教快先走出去．方出門

却不知行李在何處又來找尋亢金龍道你好重物輕人旣救了你師父就勾了又還尋甚行李行者道人固要緊衣鉢尤要緊包袱中有通關文牒錦襴袈裟紫金鉢盂俱是佛門至寶如何不要八戒道哥哥你去找尋我等先去路上等你你看那星衆簇擁著唐僧使箇設法共弄神通一陣風撮出垣圍奔大路下了山坡却屯於平處等候約有三更時分孫大聖輕那慢步走入裏面原來一層層門戶甚緊他就爬上高樓看時牕牖皆關欲要下去又恐怕牕欞兒响不敢推動捻著訣搖身一變變做一箇仙鼠俗名蝙蝠你道他怎生模樣

頭尖還似鼠眼亮亦如之有翅黃昏出無光白晝居藏
身穿瓦穴覓食撲蚊兒偏喜晴明月飛騰最識時
他順著不封瓦口椽子之下鑽將進去越門過户到了中
間看時只見那第三重樓牕之下爛灼灼一道光毫也不
是燈燭之光螢火之光又不是飛霞之光掣電之光他半
飛半跳近于牕前看時却是包袱放光那妖精把唐僧的
袈裟脫了不曾摺就亂亂的㨮在包袱之內那袈裟本是
佛寶上邊有如意珠摩尼珠紅瑪瑙紫珊瑚舍利子夜明
珠所以透的光彩他見了此衣鉢心中大喜就現了本像
拿將過來也不管擔繩偏正擡上肩往下就走不期脫了

一頭撲的落在樓板上吻喇的一聲响嘵有這般事可可的老妖精在樓下睡覺一聲响把他驚醒跳起來亂叫道有人了有人了那些大小妖都起來點燈打火一齊吆喝前後去看有的來報道唐僧走了又有的來報道行者衆人俱走了老妖急傳號令教各門上謹慎行者聽言恐又遭他羅網挑不成包袱縱筋斗就跳出樓窓外走了那妖精前前後後尋不著唐僧等又見天色將明取了棒帥衆來赶只見那二十八宿與五方揭諦等神雲霧騰騰屯住山坡之下妖王喝了一聲那里去吾來也角木蛟急喚兄弟每怪物來了亢金龍氐土蝠房日兎心月狐尾火虎箕

水豹、斗木獬、牛金牛、女土貉、虚日鼠、危月燕、室火猪、壁水貐、奎木狼、婁金狗、胃土彘、昴日雞、畢月烏、觜火猴、參水猿、井木犴、鬼金羊、柳土獐、星日馬、張月鹿、翼火蛇、軫水蚓、領着金頭揭諦、銀頭揭諦、六甲六丁神、護教伽藍同八戒沙僧、不領唐三藏、丟了白龍馬、各執兵器、一擁而上。這妖王見了、呵呵冷笑、叫一聲哨子、有四五千大小妖精、一箇箇威强力勝、渾戰在西山坡上、好殺、

魔頭潑惡欺眞性、眞性温柔怎奈魔、百計施爲難脫苦、千方妙用不能和、諸天來擁護、衆聖助干戈、留情虧木母、定志感黃婆、渾戰驚天并振地、强爭設網與張羅、那

壁廂擡旗吶喊道壁廂擂鼓篩鑼鎗刀密密寒光蕩劍戟紛紛殺氣多妖卒兇還勇神兵怎奈何愁雲遮日月慘霧罩山河苦掤苦拽來相戰皆因三藏拜彌陀那妖精倍加勇猛帥衆上前掩殺正在那不分勝敗之際只聞得行者叱咤一聲道老孫來了八戒迎著道行李如何行者道老孫的性命幾乎難免却便說甚麼行李沙僧執著寶杖道且休敘話快去打妖精也那星宿揭諦丁甲等神被羣妖圍在垓心渾殺老妖使棒來打他三箇這行者八戒沙僧丟開棍杖輪著釘鈀抵住真箇是地暗天昏不能取勝只殺得太陽星西沒山根太陰星東生海嶠那

妖見天晚打箇哨子教羣妖各各留心他却取出寶貝孫行者看得分明那怪解下搭包拿在手中行者道聲不好了走呵他就顧不得八戒沙僧諸天等衆一路觔斗跳上九霄宮裏衆神八戒沙僧不解其意被他抛起去又都裝在裏面只是行者走了那妖王收兵回寺又教取出繩索照舊綁了將唐僧八戒沙僧懸梁高弔白馬拴在後邊諸神亦俱綁縛擡在地窖子內封鎖了蓋那衆妖遵依一一收了不題却說孫行者跳在九霄全了性命見妖兵回轉不張旗號已知衆等遭擒他却按下祥光落在那東山頂上咬牙恨怪物滴淚想唐僧仰面朝天望悲嗟忽失聲叫

道師父呵，你是那世[illegible]造下[illegible][illegible]遭難，今世裏步步遇妖精。似這般苦是難逃，怎生是好，獨自一箇嗟嘆多時。復又寧神思慮，以心問心道，這妖魔不知是箇甚麼搭包子。那般裝得許多物件，如今將天神天將許多人又都裝進去了。我待求救於天，奈恐玉帝見怪。我記得有箇北方眞武。號曰蕩魔天尊，他如今現在南贍部洲武當山上。等我去請他來荅救師父一難。正是

仙道未成猿馬散　心神無主五行枯

畢竟不知此去端的如何，且聽下回分解。

總批

第六十六回

諸神遭毒手　彌勒縛妖魔

話表孫大聖無計可施縱一朵祥雲駕觔斗竟轉南贍部洲去拜武當山參請蕩魔天尊解釋三藏八戒沙僧天兵等衆之災他在半空裏無停止不一日早望見祖師仙境輕輕按落雲頭定睛觀看好去處

巨鎮東南中天神岳芙蓉峯竦傑紫蓋嶺巍峩九江水盡荊揚遠百越山連翼軫多上有太虚之寶洞朱陸之靈臺三十六宮金磬响百千萬客進香來舜巡禹禱玉簡金書樓閣飛青鳥幢幡擺赤裾地設名山雄宇宙天

開仙境透空虛幾樹梅花正放滿山瑶草色皆舒龍潛澗底虎伏崖中幽含如訴語馴鹿近人行白鶴伴雲棲老檜青鸞丹鳳向陽鳴玉虛師相真仙地金闕仁慈治世門

上帝祖師乃淨樂國王與善勝皇后夢吞日光覺而有孕懐胎一十四箇月於開皇元年甲辰之歲三月初一日午時降誕於王宮那爺爺

幼而勇猛長而神靈不統王位惟務修行父母難禁棄舍皇宮參玄入定在此山中功完行滿白日飛昇玉皇敕號真武之名玄虛上應龜蛇合形周天六合皆稱萬

靈無幽不察無顯不彰劫終劫始剪伐魔精
孫大聖玩著仙境景致早不覺到一天門二天門三天門却
至太和宮外忽見那祥光瑞氣之間簇擁著五百靈官那
靈官上前迎著道那來的是誰大聖道我乃齊天大聖孫
悟空要見師相衆靈官聽說隨報祖師即下殿迎到太和
宮行者作禮道我有一事奉勞問何事行者道保唐僧西
天取經路遭險難至西牛賀洲有座山喚小西天小雷音
寺有一妖魔我師父進得山門見有阿羅揭諦比丘聖僧
排列以為真佛倒身纔拜忽被他拿住綁了我又失於防
閑被他抛一付金鐃將我罩在裏面無纖毫之縫口合如

鉏甚虧金頭揭諦請奏玉帝欽差二十八宿當夜下界掀揭不起幸得亢金龍將角透入鐃內將我度出被我打碎金鐃驚醒怪物赶戰之間又被撒一箇白布搭包兒將我與二十八宿並五方揭諦盡皆裝去復用繩綑了是我當夜脫逃救了星辰等衆與我唐僧等後爲我尋衣鉢又驚醒那怪與天兵赶戰那怪又拿出搭包兒理弄之時我却知到前音遂走了衆等被他依然裝去我無計可施特來拜求師相一助力也祖師道我當年威鎮北方統攝眞武之位剪伐天下妖邪乃奉玉帝敕旨後又披髮跣足踏騰蛇神龜領五雷神將巨虬獅子猛獸毒龍收降東北方黑

氣妖氛。乃奉元始天尊符召。今日靜享武當山。安逸太和殿。一向海岳平寧。乾坤清泰。柰何我南贍部洲。并北俱蘆洲之地。妖魔剪伐。邪鬼潛蹤。今蒙大聖下降。不得不行。只是上界無有旨意。不敢擅動干戈。假若法遣衆神。又恐玉帝見罪。十分却了大聖。又是我逆了人情。我諒著那西路上。縱有妖邪。也不為大害。我今著龜蛇二將。並五大神龍與你助力。管教擒妖精。救你師之難。行者拜謝了祖師。即同龜蛇龍神。各帶精銳之兵。復轉西方之界。不一日。到了小雷音寺。按下雲頭。徑至山門外叫戰。却說那黃眉大王。聚衆怪在寶閣下。說孫行者。這兩日不來。又不知往何方去借兵也說不了只見前門上小妖報道行者引幾箇龍蛇龜相在門外叫戰妖魔道這猴兒怎麼得箇龍蛇龜相此等之類却是何方來者隨即披掛走出山門高叫汝等是那路龍神敢來造我仙境五龍二將相貌崢嶸精神抖擻喝道那潑怪我乃武當山太和宮混元教主蕩魔天尊之前五位龍神龜蛇二將今蒙齊天大聖相邀我天尊符召到此捕你你這妖精快送唐僧與天星等出來免你一死不然將這一山之怪碎劈其屍幾間之房燒爲灰燼那怪聞言心中大怒道這畜生有何法力敢出大言不要走吃吾一棒這五條龍翻雲使雨那兩員將播土揚沙各執

鎗刀劍戟。一擁而攻。孫大聖又使鐵棒隨後。這一場好殺。
兇魔施武行者求兵。兇魔施武擅據珍樓施佛像。行者
求兵。遠參寶境借龍神。龜蛇生水火。妖怪動刀兵。五龍
奉旨來西路。行者因師在後收。劍戟光明搖彩電。鎗刀
愰亮閃霓虹。這箇狼牙棒。強能短軟。那箇金箍棒。隨意
如心。只聽得扢扑響聲如爆竹。叮噹音韻似敲金。水火
齊來征怪物。刀兵共簇繞精靈。喊殺驚狼虎。諠譁振鬼
神。渾戰正當無勝處。妖魔又取寶和珍
行者帥五龍二將。與妖魔戰經半箇時辰。那妖精即解下
搭包在手。行者見了心驚。叫道列位仔細。那龍神蛇龜不

知甚麼仔細。一箇箇都停住兵近前抵攩。那妖精慌的一聲。把搭包兒撇將起去。孫大聖顧不得五龍二將。駕觔斗跳在九霄逃脫。他把箇龍神龜蛇。一搭包子又裝將去了。妖精得勝回寺。也將繩綑了。擡在地窖子裏。蓋住不題。你看那大聖落下雲頭。斜欹在山巔之上。沒精沒采。懊恨道這怪物十分利害。不覺的合著眼。似睡一般。猛聽得有人叫道。大聖休推睡。快早上緊求救。你師父性命。只在須臾間矣。行者急睜睛跳起來看。原來是日值功曹。行者喝道你這毛神。一向在那方貪圖血食。不來點卯。今日却來驚我。伸過孤拐來。讓老孫打兩棒解悶。功曹慌忙施禮道。大聖你是人間之喜仙何悶之有我等早奉菩薩旨令教我等暗中護祐唐僧乃同土地等神不敢暫離左右是以不得常來參見怎麼反見責也行者道你既是保護如今那衆星揭諦伽藍并我師等被妖精困在何方受甚罪苦功曹道你師父師弟都弔在寶殿廊下星辰等衆都收在地窖之間受罪這兩日不聞大聖消息却才見妖精拿了神龍龜蛇又送在地窖裏去了方知是大聖請來的兵小神特來尋大聖大聖莫辭勞倦千萬再急急去求救援行者聞言及此不覺對功曹滴淚道我如今愧上天宮羞臨海藏怕問菩薩之原由愁見如來之玉像才拿去者乃真武

師相之龜蛇五龍聖衆。救我再無方求救。柰何功曹笑道。大聖寬懷。小神想起一處精兵。請來斷然可降。適才大聖至武當。是南贍部洲之地。這枝兵也在南贍部洲。盱眙山蠙城。即今泗洲是也。那裏有箇大聖國師王菩薩。神通廣大。他手下有一箇徒弟。喚名小張太子。還有四大神將。昔年曾降伏水母娘娘。你今若去請他。他來施恩相助。准可捉怪救師也。行者心喜道。你且去保護我師父。勿令傷他待老孫去請也。行者縱起觔斗雲。躲離怪處。直奔盱眙山不一日早到。細觀真好去處。

南近江津。北臨淮水。東通海嶠。西接封浮山。頂上有樓觀崢嶸。山凹裏有澗泉浩湧，嵯峩怪石，槃秀喬松。百般果品應時新，千樣花枝迎日放。人如蟻陣往來多，船似鴈行歸去廣。上邊有瑞巖觀、東岳宫、五顯祠、龜山寺，鍾韻香烟冲碧漢；又有玻璃泉、五塔峪、八仙臺、杏花園，山光樹色映蠙城，白雲横不度，幽鳥倦還鳴。說甚泰嵩衡華秀，此間仙景若蓬瀛。

大聖觀玩不盡，徑過了淮河，入蠙城之內，到大聖禪寺山門外，又見那殿宇軒昂，長廊彩麗，有一座寶塔崢嶸。真是：

插雲倚漢高千丈，仰視金瓶透碧空。上下有光凝宇宙，東西無影映簾櫳。風吹寶鐸聞天樂，日映冰虬對梵宫。

飛宿靈禽時訴語，遥瞻淮水渺無窮。

行者且看且走，直至二層門下。那國師王菩薩早已知之，即與小張太子出門迎迓。相見敘禮畢，行者道：我保唐僧西天取經，路上有箇小雷音寺，那里有箇黃眉怪假充佛祖。我師父不辨真僞，就下拜，被他拿了。又將金鐃把我罩住，幸虧天降星辰救出，是我打碎金鐃，與他賭鬭。又將一箇布搭包兒把天神、揭諦、伽藍與我師父、師弟盡皆裝了進去。我前去武當山請玄天上帝救援，他差五龍龜蛇拿怪，又被他一搭包子裝去。弟子無依無倚，故來拜請菩薩大展威力，將那收水母之神通，拯生民之妙用，同弟子去救師父一難，取得經回，永傳中國，揚我佛之智慧，與般若之波羅也。國師王道：你今日之事，誠我佛教之興隆，禮當親去。奈時值初夏，正淮水泛漲之時，新收了水猿大聖，那廝遇水即興，恐我去後，他乘空生頑，無神可治。今者小徒領四將，和你去助力煉魔，收伏罷。行者稱謝，即同四將并小張太子，又駕雲回小西天，直至小雷音寺。小張太子使一條楮白鎗，四大將輪四把鋸鋘劍，和孫大聖上前罵戰。小妖又去報知那妖王，復帥羣妖，鼓噪而出。道：獮猻，你今又請得何人來也？說不了，小張太子指揮四將上前喝道：潑妖精，你面上無肉，不認得我等在此！妖王道：是那方小將敢來與他助力。太子道。吾乃泗洲大聖國師王菩薩弟子。師領四大神將奉令擒你。妖王笑道。你這孩兒有甚武藝。擅敢到此輕薄。太子道。你要知我武藝。等我道來。

祖居西土流沙國。我父原爲沙國王。自幼一身多疾苦。命於華蓋惡星妨。因師遠慕長生訣。有分相逢捨藥方。半粒丹砂祛病退。願從修行不爲王。學成不老同天壽。容顏永似少年郎。也曾赶赴龍華會。曾也騰雲到佛堂。捉霧拿風收水怪。擒龍伏虎鎮山場。撫民高立浮屠塔。靜海深明舍利光。楮白鎗尖能縛怪。淡緇衣袖把妖降。如今靜樂蠙城內。大地揚名說小張。

妖王聽說微微冷笑道那太子你捨了國家從那國師王菩薩修的是甚麼長生不老之術只好收捕淮河水怪却怎麼聽信孫行者誑謬之言千山萬水來此納命看你可長生可不老也小張聞言心中大怒纏鎗當面便刺四大將一擁齊攻孫大聖使鐵棒上前又打好妖精公然不懼輪著他那短軟狼牙棒左遮右架直挺橫衝這場好殺

小太子楮白鎗四柄鋸鎖劍更强悟空又使金箍棒齊心圍繞殺妖王妖王其實神通大不懼分毫左右擋狼牙棒是佛中寶劍砍鎗輪莫可傷只聽狂風聲吼吼又觀惡氣混茫茫那箇有意思凡弄本事這箇專心拜佛

取經章。幾番馳騁。數次張狂。噴雲霧閉三光。奮怒懷嗔
　各不良。多時三乘無上法。致令百藝苦相將
緊衆爭戰多時。不分勝負。那妖精又解搭包兒。行者又叫列位仔細。太子並衆等。不知仔細之意。那怪滑的一聲。把四大將與太子。一搭包又裝將進去。只是行者預先知覺走了。那妖王得勝回寺。又教取繩綑了。送在地窖牢封固鎖不題。這行者縱觔斗雲起在空中。見那怪回兵閉門方纔按下祥光。立於西山坡上。悵望悲啼道。師父呵。我
　自從秉教入禪林。感荷菩薩脫難深。保護西來求大道
相同輔助上雷音。只言平坦羊腸路。豈料崔巍怪物侵

百計千方難救你，東求西告枉勞心。

大聖正當悽慘之時，忽見那西南上，一朵彩雲墜地，滿山頭大雨繽紛，有人叫道，悟空，認得我麼，行者急走前看處，那箇人

大耳橫頤方面相，肩査腹滿身軀胖，一腔春意喜盈盈，兩眼秋波光蕩蕩，散袖飄然福氣多，芒鞋洒落精神壯，極樂場中第一尊，南無彌勒笑和尚。

行者見了，連忙下拜道，東來佛祖，那里去，弟子失迴避了，萬罪萬罪，佛祖道，我此來專為這小雷音妖怪也，行者道，多蒙老爺盛德大恩，敢問那妖，是那方怪物，何處精魔，不

知他那搭包兒是件甚麼寶貝煩老爺指示指示佛祖道他是我面前司磬的一箇黃眉童兒三月三日我因赴元始會去留他在宮看守他把我這幾件寶貝拐來假佛成精那搭包兒是我的後天袋子俗名喚做人種袋那條狼牙棒是箇敲磬的槌兒行者聽說高叫一聲道好箇笑和尚你走了這童兒教他誑稱佛祖陷害老孫未免有箇家法不謹之過彌勒道一則是我不謹走失人口二則是你師徒們魔障未完故此百靈下界應該受難我今來與你收他去也行者道這妖精神通廣大你又無些兵器何以收之彌勒笑道我在這山坡下設一草庵種一田瓜果在

此你去與他索戰交戰之時許敗不許勝引他到我這瓜田裏我別的瓜都是生的你却變做一箇大熟瓜他來定要瓜吃我却將你與他吃吃下肚中任你怎麽在內擺佈他那時等我取了他的搭包兒裝他回去行者道此計雖妙你却怎麽認得變的熟瓜他怎麽就肯跟我來此彌勒笑道我爲治世之尊慧眼高明豈不認得你憑你變作甚物我皆知之但恐那怪不肯跟來耳我却教你一箇法術行者道他斷然是以搭包兒裝我怎肯跟來有何法術可來也彌勒笑道你伸手來行者即舒左手遞將過去彌勒將右手食指蘸著口中神水在行者掌上寫了一箇禁字

教他捏著拳頭見妖精當面放手他就跟來行者揝拳欣然領敎一隻手輪著鐵棒直至山門外高叫道妖魔你孫爺爺又來了可快出來與你見箇上下小妖又忙忙奔告妖王問道他又領多少兵來叫戰小妖道別無甚兵止他一箇妖王笑道那猴兒計窮力竭無處求人斷然是送命來也隨又結束整齊帶了寶貝舉著那輕軟狼牙棒走出門來叫道孫悟空今番掙挫不得了行者罵道潑怪物我怎麽掙挫不得妖王道我見你計窮力竭無處求人獨自箇強來支持如今拿住再没箇甚麽神兵救拔此所以說你掙挫不得也行者道這怪不知死活莫說嘴吃我一棒

那妖王見他一隻手輪棒。忍不住笑道。這猴兒你看他弄。巧。怎麼一隻手使棒支吾。行者道兒子。你禁不得我兩隻手打。若是不使搭包子。再着三五箇也打不過老孫這一隻手。妖王聞言道。也罷也罷我如今不使寶貝只與你實打。比箇雌雄。即舉狼牙棒上前來鬭孫行者迎着面把拳頭一放雙手輪棒。那妖精着了禁不覺退步。果然不弄搭包。只顧使棒來趕。行者虛幌一下。敗陣就走。那妖精直趕到西山坡下。行者見有瓜田。打箇滾鑽入裏面即變做一箇大熟瓜。又熟又甜。那妖精停身四望。不知行者那方去了。他卻趕至庵邊叫道。瓜是誰人種的彌勒變作一箇種瓜叟出草庵答道大王瓜是小人種的妖王道可有熟瓜麼彌勒道有熟的妖王叫摘箇熟的來我解渴彌勒卽把行者變的那瓜雙手遞與妖王妖王更不察情到此接過手張口便啃那行者乘此機會一轂轆鑽入咽喉之下等不得好歹就弄手脚抓腸蒯腹翻根頭竪蜻蜓任他在裏面攛佈那妖精疼得倈牙倈嘴眼淚汪汪把一塊種瓜之地滾得似箇打麥之場口中只叫罷了罷了誰人救我一救彌勒却現了本像嘻嘻笑叫道孽畜認得我麼那妖擡頭看見慌忙跪倒在地雙手揉著肚子磕頭撞腦只叫主人公饒我命罷饒我命罷再不敢了彌勒上前一把揪住

解了他的後天袋兒奪了他的敲磬槌兒叫孫悟空看我面上饒他命罷行者十分恨苦却又左一拳右一脚在裏面亂掏亂搗那怪萬分疼痛難忍倒在地下彌勒又道悟空他也勾了你饒他罷行者才叫你張開口等老孫出來那怪雖是肚腹絞痛還未傷心俗語云人未傷心不得死着眼花殘葉落是根枯他聽見叫張口即便忍著疼把口大張行者方才跳出現了本像急掣棒還要打時早被佛祖把妖精裝在袋裏斜跨在腰間手執著磬槌罵道孽畜金鐃偷了那裏去了那怪却只要憐生在後天袋內哼哼嘖嘖伊詬也只要金的道金鐃是孫悟空打破了佛祖道鐃破還我金來那怪

道碎金堆在殿蓮臺上哩那佛祖提著袋子執著磬槌嘻嘻笑叫道悟空我和你去尋金還我行者見此法力怎敢違悮只得引佛上山回至寺內收取碎金只見那山門緊閉佛祖使槌一指門開入裏看時那些小妖已得知老妖被擒各自收拾囊底都要逃生四散被行者見一箇打一箇見兩箇打兩箇把五七百箇小妖盡皆打死各現原身都是些山精樹怪獸孽禽魔佛祖將金收攢一處吹口仙氣念聲呪語即時返本還原復得金鐃一付別了行者駕祥雲徑轉極樂世界這大聖却才解下唐僧八戒沙僧那獃子弔了幾日餓得慌了且不謝大聖却就蝦著腰跑到

廚房尋飯吃。原來那怪。正安排了午飯。因行者索戰。還未得吃。這獃子看見。即吃了半鍋。却拿出兩鉢頭。叫師父師弟們各吃了兩碗。然後才謝了行者。問及妖怪原由。行者把先請祖師龜蛇。後請大聖。借太子。並彌勒收降之事。細陳了一遍。三藏聞言。謝之不盡。頂禮了諸天。道。徒弟。這些神聖困於何所。行者道。昨日日值功曹。對老孫說都在地窖之內。叫八戒我與你去解脫他等。那獃子得食力壯。抖擻精神。尋著他的釘鈀。即同大聖到後面打開地窖。將衆等解了繩。請出珍樓之下。三藏披了袈裟。朝上一一拜謝這大聖才送五龍二將回武當。送小張太子與四將回蠙城後送二十八宿歸天府發放揭諦伽藍各回境師徒們都寛住了半月喂飽了白馬收拾行囊至次早登程臨行時放上一把火將那些珍樓寶座高閣講堂俱盡燒爲灰燼這裏纔

無難無牽逃難去　消災消瘴脫身行

畢竟不知幾時纔到大雷音且聽下回分解

總批

笑和尚只是要金子不然便做箇哭和尚了有金便笑無金便哭和尚尚如此而況世人乎

第六十七回

拯救駝羅禪性穩　脫離穢汚道心清

話說三藏四衆，躲離了小西天，忻然上路，行經個月程途，正是春深花放之時，見了幾處園林皆綠暗，一番風雨又黃昏。三藏勒馬道：徒弟呵，天色晚矣，往那條路上求宿去。行者笑道：師父放心，若是沒有借宿處，我三人都有些本事，叫八戒砍草，沙和尚扳松，老孫會做木匠，就在這路上搭個蓬菴，好道也住得年把，你忙怎的。八戒道：哥呀，這個所在，豈是住場，滿山多虎豹狼蟲，遍地有魑魅魍魎，白日裏尚且難行，黑夜裡怎生敢宿。行者道：獃子越發不長進了。不是老孫海口。只這條棒子。揝在手裡。就是塌下天來也撐得住。師徒們正然講論忽見一座山庄不遠行者道好了。有宿處了。長老問在何處行者指道那樹叢裡不是箇人家。我們去借宿一宵。明早走路。長老欣然促馬。至庄門外下馬。只見那柴扉緊閉長老敲門道開門開門裡面有一老者。手拖藜杖。足踏蒲鞋。頭頂烏巾。身穿素服開了門便問。是甚人在此大呼小叫。三藏合掌當胸。躬身施禮道。老施主。貧僧乃東土差往西天取經者。適當貴地天晚特造尊府借宿一宵。萬望方便方便老者道和尚你要西行。却是去不得阿。此處乃小西天若到大西天路途甚遠且休道前去艱難只這箇地方已是難過三藏問怎麼難過老者用手指道我這庄村西去三十餘里有一條稀柿衕山名七絕三藏道何爲七絕老者道這山徑過有八百里滿山盡是柿果古云柿樹有七絕一益壽二多陰三無鳥巢四無蟲五霜葉可玩六嘉實七落葉肥大故名七絕山我這敝處地闊人稀那深山亘古無人走到每年家熟爛柿子落在路上將一條夾石衚衕盡皆填滿又被雨露雪霜經黴過夏作成一路污穢這方人家俗呼爲稀屎衕但一西風有一股穢氣就是淘東圊也不是這般惡臭如今正值春深東南風大作所以還不聞見也三藏心中煩

閟不言行者忍不住高叫道你這老兒甚不通我等遠來投宿你就說出這許多話來諕人十分你家窄偪沒處睡我等在此樹下蹲一蹲也就過了此宵何故這般絮聒那老者見了他相貌醜陋便也撐住口驚噯噯的硬著膽喝了一聲用藜杖指定道你這廝骨撾臉磕額頭搨鼻子四顱腮毛眼毛瞞癆病鬼不知高低尖着箇嘴敢來冲撞我老人家行者陪笑道老官兒你原來有眼無珠不識我這癆病鬼哩相法云形容古怪石中有美玉之藏你若以言貌取人便就差了我雖醜便醜却到有些手段老者道你是那方人氏姓甚名誰有何手段行者笑道我

祖居東勝大神洲花果山前自幼修身拜靈臺方寸祖
學成武藝甚全周也能攪海降龍母善會擔山赶日頭
縛怪擒魔稱第一移星換斗鬼神愁偷天轉地英名大
我是變化無窮美石猴

老者聞言回嗔作喜躬着身便教請請入寒舍安置遂此四衆牽馬挑擔一齊進去只見那荊針棘刺鋪設兩邊二層門是磚石壘的墻壁又是荊棘苫蓋入裡才是三間死房老者便扯椅安坐待茶又叫辦飯少頃移過卓子擺着許多麵觔豆腐芋苗蘿蔔辣芥蔓菁香稻米飯醋燒葵湯師徒們盡飽一飡吃畢八戒扯過行者背云師兄這老兒

始初不肯畱宿今返設此盛齋何也行者道這箇能值多
少錢到明日還要他十果十菜送我們哩八戒道不羞憑
你那幾句大話哄他一頓飯吃了明日却要跑路他又管
待送你怎的行者道不要忙我自有箇處治不多時漸漸
黄昏老者又叫掌燈行者躬身問道公公高姓老者道姓
李行者道貴地想就是李家庄了老者道不是這哩喚做
駝羅庄共有五百多人家居住別姓俱多惟我姓李行者
道李施主府上有何善意賜我等盛齋那老者起身道才
聞得你說會拿妖怪我這哩却有箇妖怪累你替我每拿
拿自有重謝行者就朝上唱箇惹道承照顧了八戒道你

看他惹禍聽見說拿妖怪就是他外公也不這般親大預先就唱箇惹行者道賢弟你不知我唱箇惹就是下了箇定錢他再不去請別人了三藏聞言道這猴兒凡事便要自專倘或那妖精神通廣大你拿他不住可不是我出家人打誑語麼行者笑道師父莫怪等我再問了看那老者道還問甚行者道你這貴處地勢清平又許多人家居住更不是偏僻之方有甚麼妖精敢上你這高大門戶老者道實不瞞你說我這里久矣康寧只這三年六月間忽然一陣風起那時人家甚忙打麥的在場上插秧的在田裡俱著了忙只說是天變了誰知風過處有箇妖精將人家

牧放的牛馬吃了，猪羊吃了，見雞鵝囫圇嚥，遇男女夾活吞。自從那次這二年常來傷害，長老呵，你若果有手段拿了妖怪，掃淨此土，我等決然重謝，不敢輕慢。行者道，這箇却是難拿。八戒道，真是難拿，我每乃行脚僧借宿一宵，明日走路，拿甚麼妖精。老者道，你原來是騙飯吃的和尚。初見時，誇口弄舌，說會換斗移星，降妖縛怪，及說起此事，就推却難拿。行者道，老兒，妖精好拿，只是你這方人家不齊心，所以難拿。老者道，怎見得人心不齊。行者道，妖精攪擾了三年，也不知傷害了多少生靈，我想着每家只出銀一兩，五百家可湊五百兩銀子，不拘到那里也尋一箇法官把妖拿了却怎麼就肯受他三年磨折老者道若論說使錢好道也羞殺人我們每那家不花費三五兩銀子前年曾訪着山南裡有個和尚請他到此拿妖未曾得勝行者道那和尚怎的拿來老者道

那個僧伽披領袈裟先談孔雀後念法華香焚爐內手把鈴拿正然念處驚動妖邪風生雲起徑至庄家僧和怪鬭其實堪誇一遞一拳倒一遞一把抓和尚還相應相應沒頭髮須臾妖怪勝徑直返烟霞原來晒乾疤我等近前看光頭打的似個爛西瓜

行者笑道這等說吃了虧也老者道他只拼得一命還是

我們吃虧與他買棺木殯葬又把些銀子與他徒弟那徒弟心還不歇至今還要告狀不得乾淨行者道再可曾請甚麼人拿他老者道當年又請了一箇道士行者道那道士怎麼拿他老者道那道士

頭帶金冠身穿法衣令牌敲响符水施爲驅神使將拘到妖魑狂風滾滾黑霧迷迷即與道士兩箇相持鬭到天晚怪返雲霓乾坤清朗我等衆人齊出來尋道士渰死在山溪撈得上來大家看却如一箇落湯雞

行者笑道這等說也吃虧了老者道他也只捨得一命我們也又使勾悶數錢糧行者道不打緊不打緊等我替你

拿他來。老者道。你若果有手段拿得他。我請幾箇本庄長者。與你寫箇文書。若得勝。憑你要多少銀子相謝。半分不少。如若有虧。切莫和我等放賴。各聽天命。行者笑道。這老兒被人賴怕了。我等不是那樣人。快請長者去。那老者滿心懽喜。即命家僮請幾箇左隣右舍。表弟姨兄。親家朋友。共有八九位老者。都來相見。會了唐僧。言及妖怪一事。無不忻然。衆老問是那一位高徒去拿。行者叉手道是我小和尚。衆老悚然道。不濟不濟。那妖精神通廣大。身體狼犺你這箇長老瘦瘦小小。還不勾他塡牙齒縫哩。行者笑道老官兒。你估不出人來。我小自小結實。都是吃了磨刀水的秀氣在內裡眾老見說只得依從道長老拿住妖精你要多少謝禮行者道何必說要甚麼謝禮俗語云說金子幌眼說銀子傻白說銅錢腥氣我等乃積德的和尚決不要錢眾老道既如此說都是受戒的高僧既不要錢豈有空勞之理我等各家俱以魚田為活若果降了妖孽淨了地方我等每家送你兩畝良田共湊一千畝坐落一處你師徒們在上起蓋寺院打坐參禪強似方上雲遊行者又笑道越不停當但說要了田就要養馬當差納糧辦草黃昏不得睡五鼓不得眠好倒弄殺人也眾老道諸般不要却將何謝行者道我出家人但只是一茶一飯便是謝了

衆老喜道這箇容易但不知你怎麼拿他行者道他但來我就拿住他衆老道那怪大着哩上拄天下拄地來時風去時霧你却怎生近得他行者笑道若論呼風喚霧的妖精我把他當孫子罷了若說身體長大有那手段打他正講處只聽得呼呼風响慌得那八九箇老者戰戰兢兢道這和尚鹽醬口說妖精妖精就來了那老李開了腰門把幾箇親戚連唐僧都叫進來進來妖怪來了諕得那八戒也要進去沙僧也要進去行者兩隻手扯住兩箇道你們忒不循理出家人怎麼不分内外站住不要走跟我去天井裏看看是箇甚麼妖精八戒道哥呵他們都是經過帳

的風嚮便是妖來他都去躲我們又不與他有親又不相識又不是交契古人看他做甚原來行者力量大不容說一把拉在天井裡站下那陣風越發大了好風

倒樹摧林狼虎憂播江攪海鬼神愁掀翻華岳三峯石提起乾坤四部洲村舍人家皆閉戶滿庄兒女盡藏頭黑雲漠漠遮星漢燈火無光遍地幽

慌得那八戒戰戰兢兢伏之於地把嘴拱開土埋在地下却如釘了釘一般沙僧蒙着頭臉眼也難睜行者聞風認怪一霎時風頭過處只見那半空中隱隱的兩盞燈來即低頭叫道兄弟們風過了起來看那獃子扯出嘴來抖抖

灰土。仰着臉朝天一望。見有兩盞燈光。忽失聲笑道。好耍子。好耍子。原來是箇有行止的妖精。該和他做朋友。沙僧道。這般黑夜。又不曾覿面相逢。怎麼就知他好歹。八戒道。古云。夜行以燭。無燭則止。你看他打一對燈籠引路。必定是箇好的。沙僧道。你錯看了。那不是一對燈籠。是妖精的兩隻眼亮。那獃子就諕矮了三寸。道爺爺呀。眼有這般大呵。不知口有多少大哩。行者道。賢弟莫怕。你兩箇護持着師父。待老孫上去討他箇口氣。看他是甚妖精。八戒道。哥哥。不要供出我們來。好行者。縱身打箇唿哨。跳到空中。執鐵棒。厲聲高叫道。慢來慢來。有吾在此。那怪見了。挺住身軀將一根長鎗亂舞行者執了棍勢問道你是那方妖怪何處精靈那怪更不答應只是舞鎗行者又問又不答只是舞鎗行者暗笑道好是耳聾口啞不要走看棍那怪更不怕亂舞鎗遮攔在那半空中一來一往一上一下鬪到三更時分未見勝敗八戒沙僧在李家天井裡看得明白原來那怪只是舞鎗遮架更無半分兒攻殺行者一條棒不離那怪的頭上八戒笑道沙僧你在這裏護持讓老豬去幫打幫打莫教那猴子獨幹這功領頭一鍾酒好獃子就便跳起雲頭赶上就築那怪物又使一條鎗抵住兩條鎗就如飛蛇掣電八戒誇獎道這妖精好鎗法不是山後

鎗乃是纓絲鎗也不是馬家鎗却叫做箇軟柄鎗行者道獃子莫胡說那里有箇甚麼軟柄鎗八戒道你看他使出鎗尖來架住我們不見鎗柄不知收在何處行者道或者是箇軟柄鎗但這怪物還不會說話想是還未歸人道陰氣還重只怕天明時陽氣勝他必要走但走時一定赶上不可放他八戒道正是正是又鬬多時不覺東方發白那怪不敢戀戰回頭就走這行者與八戒一齊赶來忽聞得那汚穢之氣旭人乃是七絕山稀柿衕也八戒道是那家淘毛厠哩哏臭氣難聞行者侮着鼻子只叫快赶妖精快赶妖精那怪物攛過山去現了本像乃是一條紅鱗大蟒

你看他

眼射曉星鼻噴朝露密密牙排鋼劍彎彎爪曲金鈎頭戴一條肉角好便似千千瑰瑪瑙攢成身披一派紅鱗却就如萬萬片胭脂砌就盤地只疑為錦被飛空錯認作虹霓歇臥處有腥氣冲天行動時有赤雲罩体大不大兩邊人不見東西長不長一座山跨占南北

八戒道原來是這般一箇長蛇若要吃人呵一頓也得五百箇還不飽足行者道那軟柄鎗乃是兩條信揉我們赶他軟了從後打出去這八戒縱身赶上將鈀便築那怪物一頭鑽進窩裡還有七八尺長尾把露在外邊八戒放下

鈀一把撾住道着手著手儘力氣往外亂扯莫想扯得動一毫行者笑道獃子放他進去自有處置不要這等倒扯蛇八戒眞箇撒了手那怪縮進去了八戒怨道才不放手時半截子已是我們的了是這般縮了却怎麼得他出來這不是叫做沒蛇弄了行者道這廝身體狼犺窩穴窄小斷然轉身不得一定是箇照直攛的定有箇後門出頭你快去後門外攔住等我在前門外打那獃子眞箇一溜烟跑過山去果見有箇孔竅他就扎住脚還不曾站穩不期行者在前門外使棍子往裡一搗那怪物護疼徑往後門攛出八戒未曾防備被他一尾耙打了一跌莫能挣扎得

起睡在地下忍疼行者見窩中無物牽着棒跑過來叫赶妖怪那八戒聽得吆喝自已害羞忍着疼爬起來使鈀亂撲行者見了笑道妖怪走了你還撲甚的了八戒道老猪在此打草驚蛇哩行者道活獃子快赶上二人赶過澗去見那怪盤做一團竪起頭來張開巨口要吞八戒八戒慌得往後便走這行者反迎上前被他一口吞之八戒搥胸跌脚大叫道哥耶傾了你也行者在妖精肚裡支著鐵棒道八戒莫愁我叫他搭箇橋兒你看那怪物躬起腰來就似一條路東虹八戒道雖是像橋只是没人敢走行者道我再叫他變做箇船兒你看在肚裡將鐵棒撑着肚皮那

怪物肚皮貼地翹起頭來就是一隻贛保船八戒道雖是
像船只是沒有桅篷不好使風行者道你讓[illegible]路等我叫
他使箇風你看又在裡面儘著力把鐵棒從脊背上搠將
出去約有五七丈長就似一根桅杆那廝忍疼掙命往前
一攛比使風更快攛回舊路下了山有二十餘里却才倒
在塵埃動蕩不得嗚呼喪矣八戒隨後赶上來又舉鈀亂
築行者把那物穿了一箇大洞鑽將出來道獃子他死也
死了你還築他怎他八戒道哥阿你不知我老豬一生好
打死蛇遂此收了兵器抓着尾巴倒拉將來却說那駝羅
庄上李老兒與衆等對唐僧道你那兩箇徒弟一夜不回

斷然傾了命也。三藏道決不妨事。我們出去看看。須臾間只見行者與八戒拖着一條大蟒吆吆喝喝前來。衆人却才懽喜滿庄上。老幼男女。都來跪拜道爺爺。正是這箇妖精在此傷人。今幸老爺施法斬怪除邪。我輩庶各得安生也。衆家都是感激東請西邀各各酬謝師徒們被留住五七日。苦辭無奈。方肯放行。又各家見他不要錢物。都辦些乾糧果品。騎騾壓馬花紅綵旗盡來餞行。此處五百人家到有七八百箇人相送。一路上喜喜懽懽不時到了七絕山。稀柿衕口。三藏聞得那般穢氣又有路道填塞道悟空似此怎生過得行者侮着鼻子道這箇却難也三藏見行着說難便就眼中垂淚李老兒與衆上前道老爺勿得心焦我等送到此處都已約定意思了今高徒與我們降了妖精除了一庄禍害我們各辦虔心另開一條好路送老爺過去行者笑道你這老兒俱言之欠當你初然說這山徑過有八百里你等又不是大禹的神兵那里會開山鑿路若要我師父過去還得我們着力你們都成不得三藏下馬道悟空怎生着力麽行者笑道眼下就要過山却也是難若說再開條路却又難也須是還從舊衚衕過去只恐無人管飯李老兒道長老說那里話憑你四位擔擱多少時我等俱養得起怎麽說無人管飯行者道既如此你

們去辦得兩石米的乾飯再做些蒸餅磨磨來等我那長嘴和尚吃飽了變了大猪拱開舊路我師父騎在馬上我等扶持着管情過去了八戒聞言道哥哥你們都要圖箇乾淨怎麽獨教老猪受臭三藏道悟能你果有本事拱開衚衕領我過山註你這塲頭功八戒笑道師父在上列位施主們都在此休笑話我老猪本來有三十六般變化若說變輕巧華麗飛騰之物委實不能若說變山變樹變石塊變土墩變賴象科猪水牛駱駝真箇全會只是身體變得大肚腸越發大須是吃得飽了才好幹事衆人道有東西有東西我們都帶得有乾糧果品燒餅餶飿在此原要

開山相送的，且都拿出來憑你受用待變化了，行動之時
我們再着人囘去做飯送來。八戒滿心懽喜脫了皂直裰
丟了九齒鈀對衆道休笑話看老猪幹這場臭功好歎子。
捻着訣，搖身一變果然變做一箇大猪眞箇是
嘴長毛短半脂膔自幼山中食藥苗黑面環睛如日月
圓頭大耳似芭蕉修成堅骨同天壽煉就粗皮比鐵牢
齈齈鼻音呱詀叫喳喳喉响噴喁哼。白蹄四隻高千丈
劍鬣長身百丈饒從見人間肥豕彘未觀今日老猪魈
唐僧等衆齊稱讚羨美天蓬法力高
孫行者見八戒一得如此即命那些相送人等快將乾糧

等物堆攢一處叫八戒受用那鈥子不分生熟一澇食之却上前拱路行者叫沙僧脫了脚好生挑擔談師父穩坐雕鞍他也脫了鞥韃分付衆人回去若有情快早送些飯來與我師弟接力那些人有七八百相送隨行多一半有騾馬的飛星回莊做飯還有三百人步行的立於山下遙望他行原來此莊至山有三十餘里待回取飯來又三十餘里往回擔閣約有百里之遙他師徒們已此去得遠了衆人不捨催趲騾馬進個衚衕連夜趕至次日方才趕上叫道取經的老爺慢行慢行我等送飯來也長老聞言謝之不盡道真是善信之人叫八戒住了再吃些飯食壯神那

馱子。拱了兩日，正在饑餓之際，那許多人，何止有七八石飯食，他也不論米飯麵飯，收積來一涝用之，飽飡一頓，却又上前拱路。三藏與行者沙僧謝了衆人，分手兩別，正是

駝羅莊客回家去，八戒開山過衕來。三藏心誠神力擁，悟空法顯怪魔衰。千年稀柿今朝淨，七絕衚衕此日開。六慾塵情皆剪絕，平安無阻拜蓮臺。

這一去不知還有多少路程，還遇甚麼妖怪，且聽下回分解。

總批

倒扯蛇沒蛇弄了打草驚蛇好打死蛇都是趣

人噴飯

第六十八回

朱紫國唐僧論前世　孫行者施爲三折肱

善正萬緣收名譽傳揚四部洲智慧光明登彼岸颼颼靉靉雲生天際頭諸物共相酧永住瑤臺萬萬秋打破人間蝴蝶夢休休滌淨塵氛不惹愁

話表三藏師徒洗汚穢之衚衕上道途之道路光陰迅速又値炎天正是

海榴舒錦彈荷葉綻青盤兩路綠楊藏乳燕行人避暑扇搖紈

進前行處忽見有一城池相近三藏勒馬叫徒弟們你看

那是甚麼去處行者道師父原來不識字虧你怎麼領唐王旨意離朝也三藏道我自幼爲僧千經萬典（世盡有千經萬典）皆通怎麼說我不識字（皆通原不識一字者）行者道就識字怎麼那城頭上杏黃旗明書三箇大字就不認得却問是甚去處何也三藏喝道這潑猴胡說那旗被風吹得亂擺總有字也看不明白行者道老孫偏怎看見八戒沙僧道師父莫聽師兄搗鬼這般遙望城池尚不明白如何就見是甚字號行者道却不是朱（好問名）紫國三字三藏道朱紫國必是西邦王位却要倒換關文行者道不消講了不多時至城門下馬過橋入進三層門裡真箇好箇皇州但見

門樓高聳。垛疊齊排。周圍活水通流。南北高山相對。六街三市貨資多。萬戶千家生意盛。果然是箇帝王都會處。天府大京城。絕域梯航至。遐方玉帛盈。形勝連山遠。宮垣接漢清。三關嚴鎖鑰。萬古樂昇平。

師徒們在那大街市上行時。但見人物軒昂。衣冠齊整。言語清朗。真不亞大唐世界。那兩邊做買做賣的。忽見猪八戒相貌醜陋。沙和尚面黑身長。孫行者臉毛額廓。丟了買賣。都來爭看。三藏只叫不要撞禍。低着頭走。八戒遵依。把箇蓮蓬嘴揣在懷裡。沙僧不敢仰視。惟行者東張西望。緊隨唐僧左右。那些人有知事的。看看兒就回去了。有那遊嬉好閑的並那頑僮們烘烘笑笑都上前拋瓦丟磚與八戒作戲唐僧揑着一把脉只教莫要生事那獃子不敢擡頭不多時轉過隅頭忽見一座門墻上有會同舘三字唐僧道徒弟我們進這衙門去也行者道進去怎的唐僧道會同舘乃天下通會通同之所我們也打攪得且到裡面歇下待我見駕倒換了關文再赶出城走路八戒聞言掣出嘴來把那些隨看的人諕倒了數十箇他上前道師父說的是我們且到裡邊藏下免得這夥鳥人吵嚷遂進舘去那些人方漸漸而退却說那舘中有兩箇大使乃是一正一副都在廳上查點人夫要往那里接官忽見唐僧來

到箇箇心驚齊道是甚麼人是甚麼人往那里走三藏合掌道貧僧乃東土大唐駕下差往西天取經者今到寶方不敢私過有關文欲倒驗放行權借高衙暫歇那兩箇館使聽言屏退左右一箇箇整冠束帶下廳迎上相見即命打掃客房安歇教辦清素支應三藏謝了二官帶領人夫出廳而去手下人請老爺客房安歇三藏便走行者狠道這廝憊懶怎麼不讓老孫在正廳三藏道他這里不服我大唐管屬又不與我國相連況不時又有上司過客來往所以不好留此相待行者道這等說我偏要他相待正說處有管事的送支應來乃是一盤白米一盤白麵兩把青

菜四塊豆腐兩箇麪觔一盤乾笋一盤木耳三藏教徒弟收了謝了管事的管事的道西房裡有乾淨鍋竈柴火力便請自去做飯三藏道我問你一聲國王可在殿上麼管事的道我萬歲爺爺久不坐朝今日乃黃道良辰正與文武多官議出黃榜你若要倒換關文趂此急去還趕上到明日就不能勾了不知還有多少時伺候哩三藏道悟空你們在此安排齋飯等我急急去驗了關文回來吃了走路八戒急取出袈裟關文三藏整束了進朝只是分付徒弟不可出外去生事不一時已到五鳳樓前說不盡那殿閣崢嶸樓臺壯麗直至端門外煩奏事官轉達天廷欲倒

驗關文那黃門官果至玉階前啓奏道朝門外有東土大唐欽差一員僧前往西天雷音寺拜佛求經欲倒換通關文牒聽宣國王聞言喜道寡人久病不曾登基今上殿出榜招醫就有高僧來國即傳旨宣至堦下三藏即禮拜俯伏國王又宣上金殿賜坐命光祿寺辦齋三藏謝了恩將關文獻上國王看畢十分懽喜道法師你那大唐幾朝君正幾輩臣賢至於唐王因甚作疾回生着你遠涉山川求經這長老因問即欠身合掌道貧僧那里

三皇治世五帝分倫堯舜正位禹湯安民成周子衆各立乾坤倚强欺弱分國稱君邦君十八分野邊塵後成

十二，宇宙安淳，因無萬馬，却又相吞，七雄爭勝，六國歸秦，天生魯沛，各懷不仁，江山屬漢，約法欽遵，漢歸司馬，晉又紛紜，南北十二，宋齊梁陳，列祖相繼，大隋紹眞，賞花無道，塗炭多民，我王李氏，國號唐君，高祖晏駕，當今世民，河清海晏，大德寬仁，玆因長安城北，有箇怪水龍神，刻減甘雨，應該損身，夜間托夢，告王救遊，王言准赦，早召賢臣，欵留殿內，慢把棋輪，時當日午，那賢臣夢斬龍身。

國王聞言，忽作呻吟之聲，問道，法師，那賢臣是那邦來者。三藏道，就是我王駕前丞相，姓魏名徵，他識天文，知地理辨陰陽乃安邦立國之大宰輔也因他夢斬了涇河龍王那龍王告到陰司說我王許救又殺之故我王遂得促病漸覺身危魏徵又寫書一封與我王帶至陰司寄與酆都城判官崔珏少時唐王身死至三日復得回生虧了魏徵感崔判官改了文書加王二十年壽今要做水陸大會故遣貧僧遠涉道途詢求諸國拜佛祖取大乘經三藏超度孽苦昇天也那國王又呻吟嘆道誠乃是天朝大國君正臣賢似我寡人久病多時並無一臣拯救長老聽說偷睛覷看見那皇帝面黄肌瘦形脫神衰長老正欲啓問有光祿寺官奏請唐僧奉齋王傳旨教在披香殿連朕之膳擺

下與法師同享三藏謝了恩與王同進膳進齋不題却說行者在會同館中着沙僧安排茶飯並整治素菜沙僧道茶飯易煮蔬菜不好安排行者問道如何沙僧道油鹽醬醋俱無也行者道我這里有幾文襯錢教八戒上街買去那獃子躲懶道我不敢去嘴臉欠俊恐惹下禍來師父怪我行者道公平交易又不化他又不搶他何禍之有八戒道你才不曾看見獐智在這門前扯出嘴來把人諕倒了十來箇若到鬧市叢中也不知唬殺多少人哩行者道你只知鬧市叢中你可曾看見那市上賣的是甚麽東西八戒道師父只教我低著頭莫撞禍實是不曾看見行者道

酒店米鋪磨坊並綾羅雜貨不消說着實有好茶房麪店

頑猴惡猴

大燒餅大饝饝飯店又有好湯飯好椒料好蔬菜與那異品的糖糕蒸酥點心捲子油食蜜食無數好東西我去買些兒請你如何那猷子聞說口內流涎喉嚨裡啯啯的嚥唾跳起來道哥哥這遭我擾你待下次攢錢我也請你回席行者暗笑道沙僧好生煮飯等我去買調和來沙僧也知是耍猷子只得順口應承道你們去須是多買些吃飽了來那猷子撈箇碗盞拿來就跟行者出門有兩個在官人問道長老那里去行者道買調和那人道這條街往西

遥角

去轉過拐角鼓樓那鄭家雜貨店憑你買多少油鹽醬醋

姜椒茶葉俱全他二人携手相攙徑上街西而去行者過了幾處茶房幾家飯店當買的不買當吃的不吃八戒吡道師兄這里將就買些用罷列行者原是要他那里肯置道賢弟你好不經紀再走走揀大的買吃兩箇人說說話話又領了許多人跟隨爭看不時到了鼓樓邊只見那樓下無數人喧嚷擠擠挨挨塡街塞路八戒見了道哥哥我不去了那里人嚷得緊只怕是拿和尚的又況是面生可疑之人拿了去怎的了行者道胡談和尚又不犯法拿我怎的我們走過去到鄭家店買些調和來八戒道罷罷罷我不撞禍這一擠到人叢裡把耳聡捽了兩捽諕得他跌

跌爬爬跌死幾箇我倒償命是行者道既然如此你在這
壁跟下站定等我過去買了回來與你買素麵燒餅吃罷
那獃子將碗盞遞與行者把嘴拄着墻根背着臉死也不
動這行者走至樓邊果然擠塞直挨入人叢裡聽說原來
是那皇榜張掛樓下故多人爭看行者擠到近處閃開火
眼金睛仔細看時那榜上却云

朕西牛賀洲朱紫國王自立業以來四方平服百姓清
安近因國事不祥沉痾伏枕淹延日久難痊本國太醫
院屢選良方未能調治今出此榜文普招天下賢士不
拘北往東來中華外國若有精醫藥者請登寶殿療理

般躬稍得病愈願將社稷平分決不虛示爲此出給張
掛須至榜者
覽畢滿心懽喜道古人云行動有三分財氣早是不在館
中歇坐即此不必買甚調和且把取經事寧耐一日等老
孫做箇醫生耍耍好大聖彎倒腰丢了碗盞拈一撮土往
上洒去念聲呪語使箇隱身法輕輕的上前揭了榜又朝
着巽地上吸口仙氣吹來那陣旋風起處他却回身徑到
八戒站處只見那獃子嘴拄着墻根却是睡着了一般行
者更不驚他將榜文摺了輕輕揣在他懷裡拽轉步先往
會同館去了不題却說那樓下衆人見風起時各各蒙頭

開眼不覺風過時沒了皇榜眾皆悚懼那榜原有十二個太監十二個校尉早朝領出才掛不尚三個時辰被風吹去戰兢兢左右追尋忽見豬八戒懷中露出個紙邊兒來衆人近前道你揭了榜來耶那獃子猛擡頭把嘴一撟諕得那幾個校尉踉踉蹌蹌跌倒在地他却轉身要走又被面前幾個膽大的扯住道你揭了招醫的皇榜還不進朝醫治我萬歲去却待何往那獃子慌慌張張道你兒子便揭了皇榜你孫子便會醫治校尉道你懷中揣的是甚獃子却才低頭看時眞個有張字紙展開來一看咬着牙罵道那猢猻害你我也恨一聲便要扯破早被衆人架住道

你是死了此乃當今國王出的榜文誰敢扯壞你既揭在
懷中必有醫國之手快同我去八戒喝道汝等不知這榜
不是我揭的是我師兄孫悟空揭的他暗暗揣在我懷中
他却丟下我去了若得此事明白我與你尋他去衆人道
說甚麼亂話現鐘不打去鑄鐘你現揭了榜文教我們尋
誰不管你扯了去見主上那夥人不分清白將獃子推推
扯扯這獃子立定脚就如生了根一般十來個人也弄他
不動八戒道汝等不知高低再扯一會扯得我獃性子發
了你却休怪不多時鬧動了街坊將他圍繞內有兩個年
老的太監道你這相貌稀奇聲音不對是那里來的這般

村强八戒道我們是東土差往西天取經的我師父乃唐王御弟法師却才入朝倒換關文去了我與師兄來此買辦調和我見樓下人多未曾敢去是我師兄教我在此等候他原來見了榜文弄陣旋風揭了揣我懷內先去了那太監道我先前見個白面胖和尚徑奔朝門而去想就是你師父八戒道正是正是太監道你師兄往那里去了八戒道我們一行四衆師父去倒換關文我三衆並行囊馬匹俱歇在會同館師兄弄了我他先回館中去了太監道校尉不要扯他我等同到館中便知端的八戒道你這兩箇奶奶知事衆校尉道這和尚委不識貨怎麽赶着公

公叫起奶奶來那八戒笑道不羞你這反了陰陽的他二位老媽媽兒不叫他做婆婆奶奶倒叫他做公公衆人道莫弄嘴快尋你師兄去那街上人炒炒閙閙何止三五百共扛到舘門首八戒道列位住了我師兄却不比我們任你作戲他却是個猛烈認真之士汝等見他須要行個大禮叫他聲孫老爺他就招架了不然呵他就變了嘴臉這事却弄不成也衆太監校尉俱道你師兄果有手段醫好國王他也該有一半江山我等合當下拜那些閙雜人都在門外諠譁八戒領着一行太監校尉徑入舘中只聽得行者與沙僧在客房裡正說那揭榜之事耍笑哩八戒上

前扯住亂嚷道你可成箇人哄我去買素麵燒餅饝饝我吃原來都是空頭又弄旋風揭了甚麼皇榜𠈓𠈓的揣在我懷裡拿我裝胖這可成箇弟兄行者笑道你這獃子想是錯了路走向別處去我過鼓樓買了調和急回來尋你不是我先來了在那里揭甚皇榜八戒道見有看榜的官員在此說不了只見那幾箇太監校尉朝上禮拜道孫老爺今日我王有緣天遣老爺下降是必大展經綸手微施三折肱治得我王病愈江山有分社稷平分也行者聞言正了聲色接了八戒的榜文對衆道你們想是看榜的官麼太監叩頭道奴婢乃司禮監內臣這幾箇是錦衣校尉

行者道這招醫榜委是我揭的故遣我師弟引見既然你
主有病常言道藥不跟賣病不討醫你去教那國王親來
親我我有手到病除之功太監聞言無不驚駭校尉道口
出大言必有度量我等着一半在此啞請着一半入朝啓
奏當分了四個太監六個校尉更不待宣召徑入朝當堦
奏道主公萬千之喜那國王正與三藏膳畢清談忽聞此
奏問道喜自何來太監奏道奴婢等早領出招醫皇榜鼓
樓下張掛有東土大唐遠來取經的一個聖僧孫長老揭
了現在會同館內要王親自去請他他有手到病除之功
故此特來啓奏國王聞言滿心懽喜就問唐僧道法師有

幾位高徒三藏合掌荅曰貧僧有三個頑徒國王問那一位高徒善醫三藏道實不瞞陛下說我那頑徒俱是山野庸才只會挑包背馬轉澗尋波帶領貧僧登山跋嶺或者到峻險之處可以伏魔擒怪捉虎降龍而已更無一個能知藥性者國王道法師何必太謙朕當今日登殿幸遇法師來朝誠天緣也高徒既不知醫他怎肯揭我榜文敎寡人親迎斷然有醫國之能也叫文武衆卿寡人身虛力怯不敢乘輦汝等可替寡人俱到朝外敬請孫長老看朕之病汝等見他切不可輕慢稱他做神僧孫長老皆以君臣之禮相見那衆臣領旨與看榜的太監校尉徑至會同館

排班參拜、諕得那八戒躲在廂房、沙僧閃於壁下、那大聖看他坐在當中。端然不動、八戒暗地裡怨惡道、這猢猻活活的折殺也、怎麼這許多官員禮拜、更不還禮、也不跕將起來、不多時、禮拜畢、分班啓奏道、上告神僧孫長老、我等俱朱紫國王之臣、今蒙王旨、敬以潔禮、參請神僧入朝看病、行者方才立起身來、對衆道、你王如何不來、衆臣道、我王身虛力怯、不敢乘輦、特令臣等代見君之禮、拜請神僧也、行者道、既如此說、列位請前行、我當隨至、衆臣各依品從、作隊而走、行者整衣而起、八戒道、哥哥、切莫攀出我們來、行者道、我不攀你、只要你兩個與我收藥、沙僧道、收甚麼藥行者道凡有人送藥來與我點數收了待我回來攻用二人領諾不題這行者即同多官頃刻便到衆臣先走奏知那國王高捲珠簾閃龍睛鳳眼開金口御言便問那一位是神僧孫長老行者進前一步厲聲道老孫便是那國王聽得聲音兇狠又見相貌刁鑽諕得戰兢兢跌在龍床之上慌叫那女官內宦急扶入宮中道諕殺寡人也衆官都嗔怨行者道這和尚怎麼這等粗魯村疎怎敢就擅揭榜行者聞言笑道列位錯怪了我也若象這等慢人你國王之病就是一千年也不得好衆臣道人生能有幾多陽壽就一千年也還不好行者道他如今是個病君死了

是個病鬼再轉世也還是個病人却不是一千年也還不好衆臣怒曰你這和尚甚不知禮怎麼敢這等滿口胡柴行者笑道不是胡柴你都聽我道來

著眼

醫門理法至微玄大要心中有轉旋望聞問切四般事
缺一之時不備全第一望他神氣色潤枯肥瘦起和眠
第二聞聲清與濁聽他真語及狂言三問病原經幾日
如何飲食怎生便四才切脈明經絡浮沉表裏是何般
我不望聞並問切今生莫想得安然

那兩班文武叢中有太醫院官一聞此言對衆稱揚道這和尚也說得有理就是神仙看病也須望聞問切謹合方

神聖功巧也。衆官依此言，着近侍傳奏道：長老要用望聞問切之理，方可認病用藥。那國王睡在龍床上，聲聲喚道：叫他去罷，寡人見不得生人面了。近侍的出宮來道：那和尚，我王旨意教你去罷，見不得生人面哩。行者道：若見不得生人面呵，我會懸絲診脈。衆官暗喜道：懸絲診脈，我等耳聞，不曾眼見，再奏去來。那近侍的又入宮奏道：主公，那孫長老不見主公之面，他會懸絲診脈。國王心中暗想道：寡人病了三年，未曾試此，宣他進來。近侍的即忙傳出道：主公已許他懸絲診脈，快宣孫長老進宮診視。行者却就上了寶殿。唐僧迎着罵道：你這潑猴害了我也。行者笑道好師父、我倒與你壯觀、你返說我害你、三藏喝道你跟我這幾年、那曾見你醫好誰來、你連藥性也不知、醫書也未讀、怎麼大膽撞這個大禍、行者笑道師父你原來不曉得、我有幾箇草頭方兒、能治大病管情醫得他好便了、就是醫死了也只問得個庸醫殺人罪名也不該死你怕怎的

如今醫生都是這般主意

不打緊不打緊你且坐下、看我的脈理如何、長老又道你那曾見素問難經、本草脈訣、是甚般章句、怎生註解、就這等胡說亂道、會甚麼懸絲脈、行者笑道我有金線在身你不曾見哩、即伸手下去尾上拔了三根毫毛撚一把叫聲變、即變作三條絲線、每條各長二丈四尺按二十四氣

托於乎內對唐僧道這不是我的金線近侍宦官在傍道長老且休講口請入宮中診視去來行者別了唐僧隨着近侍入宮看病正是那

心有秘方能治國　內藏妙訣註長生

畢竟這去不知看出甚麼病來用甚麼藥品欲知端的且聽下回分解

總批

三藏真是個痴和尚如今的醫生那一個是知藥性讀醫書的說甚麼素問難經本草脈訣

又批

如今是個病君。死了是個病鬼。再轉世還是個病人。

極說得好。人有病痛。急去醫喨。此所以今世多病人

也。

第六十九回

心主夜間修藥物　君王筵上論妖邪

話表孫大聖同近侍宦官到於皇宮內院直至寢宮門外立定將三條金線與宦官拿入裏面分付教內宮妃后或近侍太監先繫在聖躬左手腕下按寸關尺三部上却將線頭從總櫺兒穿出與我真箇那宦官依此言請國王坐在龍床按寸關尺以金線一頭繫了二頭理出窻外行者接了線頭以自己右手大指先托著食指看了寸脉次將中指按大指看了關脉又將大指托定無名指看了尺脉調停自家呼吸分定四氣五鬱七表八裏九候浮中沉沉

得自來歷

中浮、辨明了虛實之端、又教解下左手、依前繫在右手腕下部位。行者即以左手指、一一從頭說視畢、却將身抖了一抖、把金線收上身來、厲聲高呼道、陛下左手寸脈強而緊、關脈濇而緩、尺脈芤且沉、右手寸脈浮而滑、關脈遲而結、尺脈數而牢。夫左寸強而緊者、中虛心痛也、關濇而緩者、汗出肌麻也、尺芤而沉者、小便赤而大便帶血也、右手寸脈浮而滑者、內結經閉也、關遲而結者、宿食飲留也、尺數而牢者、煩滿虛寒相持也、診此貴恙是一箇驚恐憂思號爲雙鳥失羣之症、那國王在內聞言、滿心懽喜、打起精神高聲應道、指下明白、指下明白、果是此疾、請出外面用

藥來也。大聖却才緩步出宮。早有在傍聽見的太監。已先
對衆報知。須臾行者出來。唐僧即問如何。行者道。診了
如今對症製藥哩。衆官上前道。神僧長老適才說雙鳥失
羣之症。何也。行者笑道。有雌雄二鳥。原在一處同飛。忽被
暴風驟雨驚散。雌不能見雄。雄不能見雌。雌乃想雄。雄亦（活神仙）
想雌。這不是雙鳥失羣也。衆官聞說。齊聲喝采道。眞是神
僧。眞是神醫。稱讚不已。當有太醫官問道。病勢已看出矣。
但不知用何藥治之。行者道。不必執方。見藥就醫。醫官道
經云。藥有八百八味。人有四百四病。病不在一人之身。藥
豈有全用之理。如何見藥就要。行者道。古人云。藥不執方

合宜而用故此全欲藥品而隨便加減也那醫官不復再
言即出朝門之外差本衙當直之人偏曉滿城生熟藥舖
即將藥品每味各辦三斤送與行者行者道此間不是製
藥處可將諸藥之數並製藥一應器皿却送入會同館交
與我師弟二人收下醫官聽命即將八百八味每味三斤
及藥碾藥磨藥羅藥乳及乳鉢乳槌之類都送至館中一
一交付收訖行者往殿上請師父同至館中製藥那長老
正自起身忽見內宮傳旨教閣下留住法師同宿文華殿
待明朝服藥之後病痊酬謝倒換關文送行三藏大驚道
徒弟呵此意是留我做當頭哩若醫得好懽喜起送若醫

不好我命休矣你須仔細上心些們虔製慶也行者笑道師父放心在此受用老孫自有醫國之手好大聖別了三藏辭了衆臣經至館中八戒迎着笑道師兄我知道你了行者道你知甚麽八戒道知你取經之事不果欲作生涯無本今日見此處富庶設法要開藥舖哩行者喝道莫胡說醫好國王得意處辭朝走路開甚麽藥舖八戒道終不然這八百八味藥每味三斤共計二千四百二十四斤只醫一人能用多少不知多少年代方吃得了哩行者道那里用得多少他那太醫院官都是些愚盲之輩所以取這許多藥品敎他沒處捉摸不知我用的是那幾味難識我神

妙之方也正說處只見兩箇館史當面跪下道請神僧老
爺進殿齋行者道早間那般待我如今卻跪而請之何也
館史叩頭道老爺來時下官有眼無珠不識尊顏今聞老
爺大展三折之肱治我一國之主若主上病愈老爺江山
有分我輩皆臣子也禮當拜請行者見說忻然登堂上坐
八戒沙僧分坐左右擺上齋來沙僧便問道師兄師父在
那里哩行者笑道師父被國王留住作當頭哩只待醫好
了病方才酬謝送行沙僧又問可有些受用麼行者道國
王豈無受用我來時他已有三箇閣老陪侍左右請入文
華殿去也八戒道這等說還是師父大哩他到有閣老陪

待我們只得兩箇舘吏奉承且休管他讓老猪吃頓飽飯也兄弟們遂自在受用一番天色已晚行者叫舘吏收了家火多辦些油蠟我等到夜靜時方好製藥舘吏果送若干油蠟各命散訖至半夜天街人靜萬籟無聲八戒道哥哥製何藥趕早幹事我瞌睡了行者道你將大黄取一兩來碾爲細末沙僧乃道

大黄味苦性寒無毒其性沉而不浮其用走而不守奪諸鬱而無壅滯定禍亂而致太平名之曰將軍（莫非又有庸醫以此方殺人者不可不慮）

此行藥耳但恐久病虛弱不可用此行者笑道賢弟不知此藥利痰順氣蕩肚中凝滯之寒熱你莫管我你去取一

兩巴豆去殼去膜捶去油毒碾爲細末來八戒道
巴豆味辛性熱有毒削堅積蕩肺腑之沉寒通閉塞利
水穀之道路乃斬關奪門之將不可輕用
行者道賢弟你也不知此藥破結宣腸能理心膨水脹快
製來我還有佐使之味輔之也他二人即時將二藥碾細
道師兄還用那幾十味行者道不用了八戒道八百八味
每味三斤只用此二兩誠爲起奪人了行者將一箇花磁
盞子道賢弟莫講你拿這箇盞兒將鍋臍灰刮半盞過來
八戒道要怎的行者道藥內要用沙僧道小弟不曾見藥
內用鍋灰行者道鍋灰名爲百草霜能調百病你不知道

那鈠子真箇刮了半盞又碾細了行者又將盞子遞與他道你再去把我們的馬尿等半盞來八戒道要他怎的行者道要丸藥沙僧又笑道哥哥這事不是耍子馬尿腥臊如何入得藥品我只見醋糊爲丸陳米糊爲丸煉蜜爲丸或是清水爲丸那曾見馬尿爲丸那東西腥腥臊臊脾虛的人一聞就吐再服巴豆大黃弄得人上吐下瀉可是要子行者道你不知就裡我那馬不是凡馬他本是東海龍身若得他肯去便溺憑你何疾服之卽愈但急不可得耳八戒聞言真箇去到馬邊那馬斜伏地下睡哩鈠子一頓脚踢起襯在肚下等了半會全不見撒尿他跑將來對行

仗此說明不然就有馬

尿入郎中乎

者說哥阿且莫去醫皇帝且快去醫醫馬來（趣）那亡人乾結了莫想尿得出一點兒行者笑道我和你去沙僧道我也去看看三人都到馬邊那馬跳將起來口吐人言厲聲高叫道師兄你豈不知我本是西海飛龍因為犯了天仙觀音菩薩救了我將我鋸了角退了鱗變作馬馱師父往西天取經將功折罪我若過水撒尿水中遊魚食了成龍（的是佛尿又像盤香）過山撒尿（人家的酒）山中草頭得味變作靈芝仙僮採去長壽我怎肯在此塵俗之處輕拋却也行者道兄弟謹言此間乃西方國王非塵俗也亦非輕拋棄也常言道衆毛攢裘要與本國之王治病哩醫得好時大家光輝不然恐俱不得善離

此地也那馬才叫聲等着你看他往前撲了一撲往後丁一存喫得那滿口牙齒支支的响喨僅努出幾點兒將身立起八戒道這個亡人就是金汁子再撒些兒也罷那行者見有小半盞道勾了勾了拿去罷沙僧方才懽喜三人回至廳上把前項藥餌攪和一處搓了三箇大丸子行者道兄弟忒大了八戒道只有核桃大若論我吃還不勾一口哩遂此收在一箇小盒兒裡兄弟們連衣睡下一夜無詞早是天曉却說那國王躭病設朝請唐僧見了即命衆官快往會同館參拜神僧孫長老取藥去多官隨至館中對行者拜伏於地道我王特命臣等拜領妙劑行者叫

八戒取金盆兒揭開蓋子遞與多官多官啓問此藥何名好
見王回話行者道此名烏金丹八戒二人暗中作笑道鍋
灰拌的怎麼不是烏金多官又問道用何引子行者道藥
引兒兩般都下得有一般易取者乃六物煎湯送下多官
問是何六物行者道
半空飛的老鴉屁緊水負的鯉魚尿王母娘娘搽臉粉
老君爐裡煉丹灰玉皇戴破的頭巾要三塊還要五根
困龍鬚六物煎湯送此藥你王憂病等時除此乃方醫說說病神効
多官聞言道此物乃世間所無者請問那一般引子是何
行者道用無根水送下衆官笑道這箇易取行者道怎見

得易取。多官道、我這里人家俗論、若用無根水、將一箇碗

盞到井邊或河下、舀了水、急轉步、更不落地、亦不回頭、到

家與病人吃藥、便是。行者道、井中河內之水、俱是有根的、

我這無根水、非此之論、乃是天上落下的不沾地就吃、才

叫做無根水。多官又道、這也容易、等到天陰下雨時、再吃

藥便罷了。遂拜謝了行者、將藥持回獻上。國王大喜、即命

近侍接上來、看了道、此是甚麼丸子。多官道、神僧說是烏

金丸、用無根水送下。國王便叫宮人取無根水、眾臣道、神

僧說無根水、不是井河中者、乃是天上落下不沾地的、才

是。國王即喚當駕官傳旨、教請法官求雨、眾官遵依出榜

不題、卻說行者在會同館廳上叫豬八戒道、適間允他天落之水、才可用藥、此時急忙怎麼得箇雨水、我看這王、倒也是個大賢大德之君、我與你助他些兒雨下藥如何、八戒道、怎麼樣助、行者道、你在我左邊立下、做個輔星、又叫沙僧、你在我右邊立下、做個彌宿、等老孫助他些無根水見好、大聖步了罡訣、念聲呪語、早見那正東上一朵烏雲漸近於頭頂上、叫道、大聖、東海龍王敖廣來見、行者道、無事不敢相煩、請你來助些無根水、與國王下藥、龍王道、大聖呼喚時、不曾說用水、小龍隻身來了、不曾帶得雨器、亦未有風雲雷電、怎生降雨、行者道、如今用不着風雲雷電

亦不須多雨、只要須些引藥之水便了。龍王道、既如此待
我打兩箇噴嚏、吐些涎津液、與他吃藥罷。行者大喜道、最
好最好、不必遲疑、趁早行事。那老龍在空中、漸漸低下烏
雲、直至皇宮之上、隱身全像、噀一口津唾、遂化作甘霖。那
滿朝官、齊聲喝采道、我王萬千之喜、天公降下甘雨來也。
國王即傳旨、教取器皿盛着、不拘宮內外、及官大小、都要
等貯仙水、拯救寡人。你看那文武多官、并三宮六院妃嬪、
與三千彩女、八百多嬌、一個個擎杯把盞、舉碗持盤、等接
甘雨。那老龍在半空、運化津涎、不離了王宮前後。將有一
箇時辰、龍王辭了大聖回海。衆臣將杯盂碗盞收來、也有

等着一點兩點着也有等着三點五點着也有一點不曾等着者共合一處約有三盞之多總獻至御案真箇是異香滿襲金鑾殿隹味熏飄天子庭那國王辭了法師將着烏金丹并甘雨至宮中先吞了一丸吃了一盞甘雨再吃了一丸又飲了一盞甘雨三次三丸俱吞了三盞甘以俱送下不多時腹中作响如轆轤之聲不絕即取淨桶連行了三五次服了些米飲欹倒有龍床之上有兩個妃子將淨桶撿看說不盡那穢汚痰涎內有糯米飯塊一團妃子近龍床來報那病根都行下來也國王聞此言甚喜又進一次米飲少頃漸覺心胸寬泰氣血調和就精神抖擻脚

方纔徙下了龍床穿了朝服即登寶殿見了唐僧輒倒身下拜那長老忙忙還禮拜畢以御手攙着便教閣下快具簡帖帖上寫朕再拜頓首字樣差官奉請法師高徒三位一壁廂大開東閣光祿寺排宴酧謝多官領旨具簡的具簡排宴的排宴正是國家有倒山之力霎時俱完却說八戒見官投簡喜不自勝道哥哥阿果是好妙藥今來酧謝乃兄之功沙僧道二哥說那里話常言道一人有福帶挈一屋我們在此合藥俱是有功之人只管受用去再休多話咦你看他弟兄們俱懽懽喜喜徑入朝來衆官接引上了東閣早見唐僧國王閣老已都在那里安排筵宴哩這行

者與八戒沙僧對師父唱了箇喏隨後衆官都至只見那上面有四張素卓面都是吃一看十的筵席前面有一張葷卓面也是吃一看十的珍羞左右有四五百張單卓面眞箇排得整齊

古云珍羞百味美祿千鍾瓊膏酥酪錦縷肥紅寶粧花彩艷果品味香濃斗糖龍纏列獅仙餅錠拖爐擺鳳侶葷有猪羊雞鵝魚鴨般般肉素有蔬殽筍芽木耳並蘑菇幾樣香湯餅數次透酥糖滑軟黃粱飯清新菰米糊色色粉湯香又辣般般添換美還甜君臣舉盞方安席名分品級慢傳壺

那國王御手擎杯先與唐僧安坐三藏道貧僧不會飲酒國王道素酒法師飲此一杯何如三藏道酒乃僧家第一戒國王甚不過意道法師戒飲却以何物爲敬三藏道頑徒三衆代飲罷國王却才懽喜轉金卮遞與行者行者接了酒對衆禮畢吃了一杯國王見他吃得爽利又奉一杯行者不辭又吃了國王笑道吃箇三寶鍾兒行者不辭又吃了國王又命斟上吃箇四季杯兒八戒在傍見酒不到他忍得他嘓嘓嚥唾又見那國王苦勸行者他就叫將起來道陛下吃的藥也虧了我那藥裡有馬這行者聽說恐怕獃子走了消息却將手中酒遞與八戒八戒接着就吃却不

言語國王問道神僧說藥裡有馬是甚麼馬行者接過口
來道我這兄弟是這般口噘但有箇經驗的好方兒他就
要說與人陛下早間吃藥內有馬兜鈴國王問衆官道馬
兜鈴是何品味能醫何症時有太醫院官在傍道主公
兜鈴味苦寒無毒定喘消痰大有功通氣最能除血蠱
敘得有趣
補虛寧嗽又寬中
國王笑道用得當用得當豬長老再飲一杯獃子亦不言
語却也吃了箇三寶鍾國王又遞了沙僧酒也吃了三杯
却俱敘坐飲宴多時國王又擎大爵奉與行者行者道陛
下請坐老孫依巡痛飲决不肯推辭國王道神僧恩重如

山寡人醉謝不盡好歹進此一巨觥朕有話說行者道有甚話說了老孫好欽國王道寡人有數載憂疑病被神僧一帖靈丹打通所以就好了行者笑道昨日老孫看了陛下已知是憂疑之疾但不知憂疑何事國王道古人云家醜不可外談奈神僧是朕恩主惟不笑方可告之行者道怎敢笑語請說無妨國王道神僧東來不知經過幾箇那國行者道經有五六處又問他國之后不知是何稱呼行者道國王之后都稱為正宮東宮西宮國王道寡人不是這等稱將正宮稱為金聖宮東宮稱為玉聖宮西宮稱為銀聖宮現今只有銀玉二后在宮行者道金聖宮因何不

在宮中國王滴淚道不在已三年矣行者道向那廂去了國王道三年前正值端陽之節朕與嬪后都在御花園海榴亭下解粽插艾飲菖蒲雄黃酒看鬪龍舟忽然一陣風至半空中現出一個妖精自稱賽太歲說他在麒麟山獬豸洞居住洞中少個夫人訪得我金聖宮生得美貌嬌姿要做個夫人教朕快快送出如若三聲不獻出來就要先吃寡人後吃衆臣將滿城黎民盡皆吃絕那時節朕却憂國憂民無奈將金聖宮推出海榴亭外被那妖嚮一聲攝將去了寡人爲此着了驚恐把那粽子凝滯在內况又晝夜憂思不息所以成此苦疾三年今得神僧靈丹服後瀉

了數次盡是那三年前積滯之物所以這會體健神輕清神如舊今日之命皆是神僧所賜豈但如泰山之重而已乎行者聞得此言滿心喜悅將那巨觥之酒兩口吞之笑問國王曰陛下原來是這般驚憂今遇老孫幸而獲愈但不知可要金聖宮回國那國王滴淚道朕切切思思無晝無夜但只是沒一個能獲得妖精的豈有不要他回國之理行者道我老孫與你去伏妖邪何如國王跪下道若救得朕后朕願領三宮九嬪出城為民將一國江山盡付神僧讓你為帝八戒在傍見出此言行此禮忍不住呵呵大笑道這皇帝失了體統怎麼為老婆就不要江山跪着和

為老婆跪和尚者豈上東求子

尚行者急上前將國王攙起道陛下那妖精自得金聖宮去後這一向可曾再來國王道他前年五月節攝了金聖宮至十月間來要取兩個宮娥去伏侍娘娘朕即獻出兩個至舊年三月間又來要兩個宮娥七月間又要去兩個今年二月裡又要去兩個不知到幾時又要來也行者道似他這等頻來你們可怕他麼國王道寡人見他來得多次一則懼怕二來又恐有傷害之意舊年四月內是朕命工起了一座避妖樓但聞風響知是他來即與三后九嬪入樓躲避行者道陛下不棄可携老孫去看那避妖樓一番何如那國王即將左手携着行者出席衆官亦皆起身

聘嫁太多

猪八戒道哥哥你不達理這般御酒不吃搖席破坐的且去看甚麽哩國王聞説情知八戒是爲嘴即命當駕官擡兩張素卓面看酒在避妖樓外侍候獃子却才不嚷同師父沙僧笑道翻席去也一行文武官引導那國王並行者相攙穿過皇宫到了御花園後更不見樓臺殿閣行者道避妖樓何在説不了只見兩個太監拿兩根紅漆扛子往那空地上掬起一塊四方石板國王道此間便是這底下有三丈多深窆成的九間朝殿內有四箇大缸缸內滿注清油點着燈火晝夜不息寡人聽得風响就入裡邊躲避外面着人蓋上石板行者笑道那妖精還是不害你若要

害你這里如何躲得正說間只見那正南上呼呼的吹得風响播土揚塵諕得那多官齊聲報怨道這和尚鹽醬口講甚麽妖精妖精就來了慌得那國王丟了行者即鑽入地穴唐僧也就跟入衆官一躲個越淨八戒沙僧也都要躲被行者左右手扯住他兩個道兄弟們不要怕得我和你認他一認看是個甚麽妖精八戒道可是扯淡認他怎的衆官躲了師父藏了國王避了我們不去了罷衒的是那家世那獃子左掙右掙掙不得脫手被行者拿定多時只見那半空裡閃出一個妖精你看他怎生模樣

九尺身長多惡獰一雙環眼閃金燈兩輪查耳如撑扇

四箇鋼牙似揷釘鬓邊紅髮竪焰鼻垂糟準孔開明髭髯幾縷硃砂線顴骨崚層滿面青兩臂紅筋藍靛手十條尖爪把鎗擎豹皮裙子腰間繫赤脚蓬頭若鬼形行者見了道沙僧你可認得他沙僧道我又不曾與他相識那裡認得又問八戒你可認得他八戒道我又不曾與他會茶會酒又不是賓朋鄰里我怎麽認得他行者道他却像東岳天齊手下把門的那箇醜面金睛鬼八戒道不是不是行者道你怎知他不是八戒道我豈不知鬼乃陰靈也一日至晚交申酉戌亥時方出今日還在巳時那裡有鬼敢出來就是鬼也不會駕雲縱會弄風也只是一陣

旋風耳有這等狂風或者他就是賽太歲也行者笑道好歎子倒也有些論頭既如此說你兩個護持在此等老孫去問他個名號好與國王收取金聖宮來朝八戒道你去自去切莫供出我們來行者昂然不荅急縱羊光跳將上去噫正是

　　安邦先却君王病　守道須除（青眼）愛惡心

畢竟不知此去到於空中勝敗如何怎麼擒得妖怪救得金聖宮且聽下回分解

　總批

今日也不少大黃巴豆醫生○或有以大黃巴豆鍋

灰馬尿爲秘方者亦未可知

第七十回

妖魔寶放烟沙火　悟空計盜紫金鈴

却說那孫行者抖擻神威持着鐵棒踏祥光起在空中迎面喝道你是那里來的邪魔待往何方猖獗那怪物厲聲高叫道吾黨不是別人乃麒麟山獬豸洞賽太歲大王爺爺部下先鋒今奉大王令到此取宮女二名伏侍金聖娘娘你是何人敢來問我行者道我乃齊天大聖孫悟空因保東土唐僧西天拜佛路過此國知你這夥邪魔欺主特展雄才治國祛邪正沒處尋你却來此送命那怪聞言不知好歹展長鎗就刺行者行者舉鐵棒劈面相迎在半空

裡這一場好殺。
棍是龍宮鎮海珍、鎗乃人間轉煉鐵。凡兵怎敢比仙兵。
擦着些兒神氣泄。太聖原來太乙仙。妖精本是邪魔孽。
鬼祟焉能近正人。一正之時邪就滅。那個弄風播土諕
皇王。這個踏霧騰雲遮日月。丟開架手賭輸贏。無能誰
敢誇豪傑。還是齊天大聖能。乒乓一棍鎗先折。
那妖精被行者一鐵棒扎根鎗打做兩截。慌得顧性命。撥
轉風頭。徑往西方敗走。行者且不趕他。按下雲頭來至避
妖樓地穴之外叫道。師父請同陛下出來。怪物已赶去矣。
那唐僧才扶着君王同出穴來。見滿天清朗。更無妖邪之

氣那皇帝即至酒席前自已拿壺把盞滿斟金杯奉與行者道神僧權謝權謝這行者接杯在手還未回言只聽得朝門外有官來報西門上火起了行者聞說將金杯連酒望空一撇噹的一聲响喨那箇金杯落地君王着了忙躬身施禮道神僧恕罪恕罪是寡人不是了禮當請上殿拜謝只因有這方便酒在此故就奉耳神僧却把杯子撇了却不是有見怪之意行者笑道不是這話不是這話少頃間又有官來報好雨啞纔西門上起火被一場大雨把火滅了滿街上流水盡都是酒氣行者又笑道陛下你見我撇杯疑有見怪之意非也那妖敗走西方我不曾赶他他

就放起火來。這一杯酒。却是我滅了妖火。救了西城裡外人家。豈有他意。國王更十分懽喜。加敬。即請三藏四衆同上寶殿。就有推位讓國之意。行者笑道。陛下。才那妖精他稱是賽太歲部下先鋒。來此取宮女的。他如今戰敗而回。定然報與那廝。那廝定要來與我相爭。我恐他一時與師帥衆。未免又驚傷百姓。恐諕陛下。欲去迎他一迎。就在那半空中擒了他。取回聖后。但不知向那方去。這裡到他那山洞。有多少遠近。國王道。寡人曾差夜不收軍馬到那里探聽消息。往來到行五十餘日。坐落南方。約有三千餘里。行者聞言。叫八戒沙僧護持在此。老孫去來。國王扯住道。

神僧且從容一日待安排些乾糧烘炒、與你些盤纏銀兩選一疋快馬、方才可去、行者笑道、陛下說得是巴山轉嶺步行之話、我老孫不瞞你說、似這三千里路、斟酒在鍾不冷就打個往回、國王道、神僧、你不要怪我說、你這尊貌、却像個猿猴一般、怎生有這般法力、會走路也、行者道

我身雖是猿猴數、自幼打開生死路、徧訪明師把道傳
山前修煉無朝暮、倚天爲頂地爲爐、兩般藥物團烏兎
採取陰陽水火交、時間頓把玄關悟、全仗天罡搬運功
也憑斗柄遷移步、退爐進火最依時、抽鉛添汞相交顧
攢簇五行造化生、合和四象分時度、二氣歸於黃道間

三家會在金丹路、悟通法律歸四肢。本來觔斗如神助
一縱縱過太行山。一打打過靈雲渡。何愁峻嶺幾千重
不怕長江百千數。只行變化沒遮攔。一打十萬八千路
那國王見說。又驚又喜笑吟吟捧著一杯御酒遞與行者
道。神僧遠勞。進此一杯引意這大聖一心要去降妖。那里
有心吃酒只叫且放下。等我去了回來再飲好行者說聲
去吻哨一聲。寂然不見那一國君臣皆驚呀不題却說行
者。將身一縱。早見一座高山。阻住霧角。即按雲頭。立在那
巔峯之上。仔細觀看好山。
冲天占地、碍日生雲。冲天處、尖峯矗矗。占地處、遠脈迢

迢碍日的，乃嶺頭松鬱鬱；生雲的，乃崖下石磷磷。松鬱鬱，四時八節常青；石磷磷，萬載千年不改。林中每聽夜猿啼，澗內常聞妖蟒過。山禽聲咽咽，山獸吼呼呼。山獐、山鹿，成雙作對紛紛走；山鴉、山鵲，打陣攢羣密密飛。山草山花看不盡，山桃山果映時新。雖然倚險不堪行，却是妖仙隱逸處。

這大聖看之不厭，正欲尋洞口，只見那山凹裏，烘烘火光飛出，霎時間熯天紅焰，紅焰之中，冒出一股惡烟，比火更毒。好烟！但見那

火光迸萬點金燈，火焰飛千條紅虹。那烟不是竈筒烟、

不是草木烟烟却有五色青紅白黑黃、熏着南天門外柱、燎着靈霄殿上梁燒得那窩中走獸連皮爛、林內飛禽羽盡光、但看這烟如此惡、怎入深山伏怪王

孫大聖、正自恐懼、又見那山中迸出一道沙來好沙、真箇是遮天蔽日、

紛紛絯絯徧天涯、鄧鄧渾渾大地遮、細塵到處迷人目粗灰滿谷滾芝蔴、採藥仙童迷朱却打柴樵子沒尋家手中就有明珠現、時間刮得眼生花

這行者、只顧看玩、不覺流灰飛入鼻內、痒斯斯的、打了兩箇噴涕、即回頭伸手在岩下、摸了兩箇鵝卵石塞住鼻

搖身一變變做一箇攢火的鷂子飛入烟火中間驀了幾驀却就沒了沙灰烟火也息了急現本像下來又看得只聽得丁丁東東的一箇銅鑼聲响却道我走錯了路也這里不是妖精住處鑼聲是鋪兵之鑼想是通國的火路有鋪兵去下文書且等老孫去問他一問正走處忽見似箇小妖兒担着黄旗背着文書敲着鑼兒急走如飛而來行者笑道原來是這厮打鑼他不知送的是甚麽書信等我聽他一聽好大聖搖身一變變做箇蜢蟲兒輕輕的飛在他書包之上只聽得那妖精敲着鑼絮絮聒聒的自念自誦道我家大王忒也心毒三年前到朱紫國強奪了金聖

皇后一向無緣未得沾身只苦了要來的宮女頂缸兩個來弄殺了四個來也弄殺了前年要了去年又要今年又要如今還要卻撞個對頭來了那個要宮女的先鋒被個甚麼孫行者打敗了不發宮女我大王因此發怒要與他國爭持教我去下甚麼戰書這一去那國王不戰則可戰必不利我大王使烟火飛沙那國王君臣百姓等莫想一個得活那時我等占了他的城池大王稱帝我等稱臣雖然也有個大小官爵只是天理難容（着眼）也行者聽了暗喜道妖精也有存心好的似他後邊這兩句話說天理難容卻（妖精尚說天理世人倒把天理閣起）不是個好的但只說金聖皇后一向無緣未得沾身此話

却不解其意等我問他一問嚶的一聲一翅飛離了妖精轉向前路有十數里地搖身一變變做了一個道僮頭挽雙抓髻身穿百衲衣手敲魚鼓簡口唱道情詞轉山坡迎着小妖打個起手道長官那里去送的是甚麼公文那妖物就像認得他的一般住了鑼槌笑嘻嘻的還禮道我大王差我到朱紫國下戰書的行者借口問道朱紫國那話兒可曾與大王配合哩小妖道自前年攝得來當時就有一個神仙送一件五彩仙衣與金聖宮粧新他自穿了那衣就渾身上下都生了針刺我大王摸也不敢摸他一摸但攙着些兒手心就痛不知是甚緣故自始至

今尚未沾身早間差先鋒二要宫女伏侍被一個甚麼孫行者戰敗了大王奮怒所以教我去下戰書明日與他交戰也行者道恁的大王却着惱小妖道正在那里着惱哩你去與他唱個道情詞兒解解悶也好行者拱手抽身就走那妖依舊敲鑼前行行者就行起兇來掣出棒復轉身望小妖腦後一下可憐就打得頭爛血流漿迸出皮開頸折命傾之收了棍子却又自悔道急了些兒不曾問他叫做個甚麼名字罷了却去取下他的戰書藏於袖內將他黃旗銅鑼藏在路傍草裡因扯着脚要往澗下摔時只聽噹的一聲腰間露出一個鑲金的牙牌牌上有字寫道

心腹小校一名有來有去五短身材扢撻臉無鬚長川懸掛無牌即假

行者笑道這厮名字叫做有來有去這一棍子打得有去無來也將牙牌解下帶在腰間欲要捽下屍骸却又思量起烟火之毒且不敢尋他洞府即將棍子舉起着小妖胸前搗了一下挑在空中徑回本國且當報一個頭功你看他自思自念吻哨一聲到了國界那八戒在金鑾殿前正護持着王師忽回頭看見行者半空中將個妖精挑來他却到慫嗳不打緊的買賣早知老豬去拿來却不筭我一功說未畢行者按下雲頭將妖精捽在堦下八戒跑上去

就築了一鈀。道此是老豬之功。行者道。是你甚功。八戒道。莫賴我。我有証見。你不看一鈀築了九箇眼子哩。行者道。你看看可有頭沒頭。八戒笑道。原來是沒頭的。我道如何築他也不動動。見行者道。師父在那里。八戒道。在殿裡與王敘話哩。行者道。你且去請他出來。八戒急上殿點點頭。三藏即便起身下殿。迎着行者。行者將一封戰書揣在三藏袖裡道、師父收下、且莫與國王看見。說不了。那國王也下殿迎着行者道、神僧長老來了、拿妖之事如何。行者用手指道、那堦下不是妖精、被老孫打殺了也、國王見了道、是便是個妖屍、却不是賽太歲、賽太歲、寡人親見他兩次

身長丈八、膊濶五停、面似金光、聲如霹靂、那里是這般鄙
矮。行者笑道、陛下認得果然不是、這是一個報事的小妖、
撞見老孫、却先打死、挑回來報功、國王大喜道、好好好、該
算頭功、寡人這里常差人去打探、更不曾得箇的實、似神
僧一出、就捉了一個回來、眞神通也、叫看煖酒來、與長老
賀功。行者道、吃酒還是小事、我問陛下、金聖宮别時、可曾
留下箇甚麼表記、你與我些兒、那國王聽說表記二字、却
似刀劍剜心、忍不住失聲淚下、說道、
當年佳節慶朱明、太歲兒妖發喊聲、强奪御妻爲壓寨、
寡人獻出爲蒼生、更無會話幷離話、那有長亭共短亭、

表記香囊全没影至今撇我苦伶仃

行者道陛下在邇何以爲惱那娘娘既無表記他在宮時可有甚麽心愛之物與我一件也罷國王道你要怎的行者道那妖王實有神通我見他放烟放火放沙果是難收縱收了又恐娘娘見我面生不肯同我回國須是得他平日心愛之物一件他方信我我好帶他回來爲此故要帶去國王道昭陽宮裡梳粧閣上有一雙黃金寶串原是金聖宮手上帶的只因那日端午（好騾晉）要縛五色彩線故此褪下不曾戴上此乃是他心愛之物如今現收在減粧盒裡寡人見他遭此離別更不忍見一見即如見他玉容病又重

幾分也。行者道：且休題這話、且將金串取來、如捨得、都與我拿去、如不捨、只拿一隻去也、國王遂命玉聖宮取出、取出即遞與國王、國王見了、叫了幾聲知疼着熱的娘娘、遂遞與行者、行者接了、套在肐膊上、好大聖、不吃得功酒、且駕觔斗雲、唿哨一聲、又至麒麟山上、無心玩景、徑尋洞府而去、正行時、只聽得人語喧嚷、即佇立凝睛觀看、原來那獬豸洞口把門的大小頭目、約摸有五百名在那里、

森森羅列、密密挨排、森森羅列執干戈、映日光明、密密挨排展旌旗、迎風飄閃、虎將熊師能變化、豹頭彪帥弄精神、蒼狼多猛烈、獺象更驍雄、狡兎乖獐輪劍戟、長蛇

大蟒挎刀弓、偓遅能解人言語、引陣安營識汛風

行者見了、不敢前進、抽身徑轉舊路、你道他抽身怎麼不是怕他、他他却至那打死小妖之處、尋出黃旗銅鑼、迎風揑訣、想象騰那、即揑身一變、變做那有來有去的模樣、乒乒敲着鑼、大踏步一直前來、徑撞至獅象洞、正欲看看洞景、只聞得猩猩出語道、有來有去、你回來了、行者只得荅應道、來了、猩猩道、快走、大王爺爺正在剝皮亭上等你回話、哩、行者聞言、拽開步、敲着鑼、徑入前門裡看處、原來是懸崖削壁、石屋虛堂、左右有琪花瑤草、前後多古栢喬松、不覺又至二門之內、忽擡頭見一座八窻明亮的亭子、亭子

中間有一張剔金的交椅椅子上端坐着一個魔王真個生得惡像但見他

幌幌霞光生頂上威威殺氣迸胸前口外獠牙排利刃鬢邊焦髮放火烟嘴上髭鬚如揷箭遍體昂毛似疊氈眼突銅鈴欺太歲手持鐵杵若摩天

行者見了公然傲慢那妖精更不循一些見禮法調轉臉朝着外只管敲鑼妖王問道你來了行者不荅又問有來有去你來了也不荅應妖王上前扯住道你怎麼到了家還打鑼問之又不荅何也行者把鑼往地下一掼道甚麼何也何也我說我不去你却教我去行到那廂只見無數

的人馬列成陣勢見了我都就叫拿妖精拿妖精把我推推扯扯拽拽扛扛拿進城去見了那國王國王便教斬了幸虧那兩班謀士道兩家相爭不斬來使把我饒了收了戰書又押出城外對軍前打了三十順腿放我來回話他那里不久就要來此與你交戰哩妖王道這等說是你吃虧了怪不道問你更不言語行者道却不是怎的只爲護疼所以不曾荅應妖王道那里有多少人馬行者道我也諕昏了又吃他打怕了那里曾查他人馬數目只見那里森森兵器擺列着

弓箭刀鎗甲與衣干戈劍戟並纓旗剽鎗月鏟兜鍪鎧

大斧團牌鐵蒺藜、長悶棍、短窩槌、鋼叉銃砲及頭盔、打扮得鞾鞋護頂并胖襖、簡鞭袖彈與銅鎚。那王聽了笑道、不打緊、不打緊、似這般兵器、一火皆空。你且去報與金聖娘娘得知、教他莫惱。今早他聽見我發狠要去戰鬪（痴妖魔非十妖魔、痴事還是女人更妖魔耳）、他就眼淚汪汪的不乾。你如今去說那里人馬驍勇、必然勝我、且寬他一時之心。行者聞言、十分懽喜道、正中老孫之意。你看他偏是路熟、轉過脚門、穿過廳堂、那裡邊盡都是高堂大厦、更不是前邊的模樣。直到後邊宮裡、遠見宮門壯麗、乃是金聖娘娘住處。且入裡面看時、有兩班妖狐妖鹿、一個個都粧成美女之形、侍立左右。正中

間坐着那個娘娘手托着香腮雙眸滴淚果然是
玉容嬌嫩美貌妖嬈懶梳粧散鬢堆鴉怕打扮釵鐶不戴面無粉冷淡了胭脂髮無油蓬鬆了雲鬢努櫻唇緊咬銀牙皺蛾眉淚淹星眼一片心只憶着朱紫君王一時間恨不離天羅地網誠然是自古紅顏多薄命懨懨無語對東風

行者上前打了箇問訊道接喏那娘娘道這潑村怪十分無狀想我在那朱紫國中與王同享榮華之時那太師宰相見了就俯伏塵埃不敢仰視這野怪怎麼叫聲接喏是那裏來的這般村怪衆侍婢上前道太太息怒他是大王

爺爺心腹的小校，喚名有來有去，今早差下戰書的是他。娘娘聽說，忍怒問曰：你下戰書，可曾到朱紫國界？行者道：我持書直至城裡，到於金鑾殿，面見君王，已討回音來也。娘娘道：你面君，君有何言？行者道：那君王敵戰之言，與排兵布陣之事，才與大王說了。只是那君王有思想娘娘之意，有一句合心的話兒，特來上稟，奈何左右人衆，不是說處。娘娘聞言，喝退兩班狐鹿，行者掩上宮門，把臉一抹，現（一個娘娘一個和尚關在門裡甚是可疑）了本像，對娘娘道：你休怕我，我是東土大唐差往大西天天竺國雷音寺見佛求經的和尚，我師父是唐王御弟唐三藏，我是他大徒弟孫悟空，因過你國，倒換關文，見你君臣出榜招醫是我大施三折之肱將他相思之病治好了排宴謝我飲酒之間說出你被妖攝來我會降龍伏虎特請我來捉怪救你回國那戰敗先鋒是我打死小妖也是我我見他門外兇狂是我變作有來有去模樣捨身到此與你通信那娘娘聽說沉吟不語行者取出寶串雙手奉上道你若不信看此物何來娘娘一見垂淚下座拜謝道長老你果是救得我回朝沒齒不忘大恩行者道我且問你他那放火放烟放沙的是件甚麼寶貝娘娘道那里是甚寶貝乃是三箇金鈴他將頭一箇幌一幌有三百丈火光燒人第二箇幌一幌有三百丈烟光熏人第三箇幌一

幌有三百丈黃沙迷人烟火還不打緊只是黃沙最毒若鑽入人鼻孔就傷了性命行者道利害利害我曾經着打了兩箇噴涕却不知他的鈴兒放在何處娘娘道他那肯放下只是帶在腰間行住坐卧再不離身行者道你若有意於朱紫國還要相會國王把那煩惱憂愁都且擱解使出箇風流喜悦之容與他敘箇夫妻之情教他把鈴兒與你收貯待我取便偷了降了這妖怪那時節好帶你回去重諧鸞鳳共享安寧也那娘娘依言這行者變作心腹小校開了宮門喚進左右侍婢娘娘叫有來有去快往前亭請你大王來與他說話好行者應了一聲即至剝皮亭對

妖精道大王聖宮娘娘有請妖王懽喜道娘娘常時只罵
怎麼今日有請行者道那娘娘問朱紫國王之事是我說
他不要你了他國中另扶了皇后娘娘聽說故此沒了想
頭方才命我來奉請妖王大喜道你却中用待我勦除了
他國封你為個隨朝的太宰行者順口謝恩就與妖王來
至後宮門首那娘娘懽容迎接就去用手相攙那妖王喏
喏而退道不敢不敢多承娘娘下愛我怕手疼不敢相傍
娘娘道大王請坐我與你說妖王道有話但說不妨娘娘
道我蒙大王辱愛今已三年未得共枕同衾也是前世之
緣做了這場夫妻誰知大王有外我之意不以夫妻相待

我想着當時在朱紫國爲后外邦凡有進貢之寶君看畢一定與后收之、你這里更無甚麽寶貝、左右穿的是貂裘吃的是血食、那曾見綾錦金珠、只一味鋪皮蓋毯、或者就有些寶貝、你因外我、也不教我看見、也不與我收着、且如（這娘娘甚用得）聞得你有三箇鈴鐺、想就是件寶貝、你怎麽走也帶着、坐也帶着、你就拿與我收着、待你用時取出、未爲不可、此也是做夫妻一塲、也有箇心腹相托之意、如此不相托付、非外我如何、妖王大笑陪禮道、娘娘怪得是、怪得是、寶貝在此、今日就當付你收之、便即揭衣取寶、行者在傍、眼不轉睛看着、那怪揭起兩三層衣服、貼身帶着三箇鈴兒、他解下來將些木綿塞了口兒把一塊豹皮作一箇包袱兒包了鈴與娘娘道物雖微賤却要用心收藏切不可搖幌着他娘娘接過手道我曉得安在這粧臺之上無人搖得叫小的們安排酒來我與大王交懽會喜飲幾杯兒衆侍婢聞言即鋪排果菜擺上些獐豝鹿兎之物將椰子酒斟來奉上那娘娘做出妖嬈之態哄着精靈孫行者在傍取事但挨挨摸摸行近粧臺把三箇金鈴輕輕拿過慢慢移步溜出宮門徑離洞府到了剝皮亭前無人處展開豹皮幅子看時中間一箇有茶鍾大兩頭兩箇有拳頭大他不知

此猴因急弄不得事

利害就把綿花扯了只聞得噹的一聲响喨骨都都的迸

出烟火黃沙急收不住。滿亭中烘烘火起。諕得那把門精
怪一擁撞入後宮。驚動了妖王。慌忙教去救火。出來
看時。原是有來有去拿了金鈴。見哩妖王上前喝道。好賊
奴。怎麽偷了我的金鈴寶貝。在此胡弄。叫拿來拿來。那門
前虎將熊師豹頭彪帥獺象蒼狼乖獐狡兎長蛇大蟒猩
猩帥衆妖一齊攢簇。那行者慌了手腳。丢了金鈴。見出本
像。掣了金箍如意棒。撒開解數。往前亂打。那妖王收了寶
貝。傳號令教關了前門。衆妖聽了。關門的關門。打仗的打
仗。那行者難得掣肘。收了棒。搖身一變。變作箇痴蒼蠅兒
釘在那無火石壁上。衆妖尋不見。報道大王走了賊也走

了賊也妖王問可曾自門裡走出去衆妖都說前門緊鎖牢拴在此不曾走出妖王只說仔細搜尋有的取水澆火有的仔細搜尋更無踪跡妖王怒道是箇甚麼賊子好大膽變作有來有去的模樣進來見我回話又跟在身邊乘機盜我寶貝早是不曾拿將出去若拿出山頭見了天風怎生是好虎將上前道大王的洪福齊天我等的氣數不盡故此知覺了熊師上前道大王這賊不是別人定是那敗先鋒的那個孫悟空想必路上遇着有來有去傷了性命拿了黃旗銅鑼牙牌變作他個模樣到此欺騙了大王也妖王道正是正是見得有理叫小的們仔細搜尋防避